怪談5分間の恐怖

中村まさみ

見てはいけない本

親による子殺し、子による親殺し、無差別殺人、親や身内による虐待死《ぎゃくたいし》……。
なぜ、人の世はここまですさんでしまったのでしょう。
人の心にひそむ闇《やみ》が、日を追うごとに深くなり、
それまではあたりまえであったはずの感情を無にしてしまう。
そんな闇《やみ》におかされそうな世の中に、一筋《ひとすじ》の光が届《とど》いたなら……。
自らの存在《そんざい》こそが奇跡《きせき》であり、それは〝いまを生きたかった〟人々の上に存在《そんざい》する。
怪談《かいだん》というツールを用いて、
ほんの一瞬《いっしゅん》でも命の尊厳《そんげん》・重さ・大切さを感じてもらえたなら……。
そんなことを思いながら、
これからわたしが体験した〝実話怪談《かいだん》〟をお話ししましょう。

怪談師《かいだんし》　中村まさみ

もくじ

ツーマンバス

数年まえ。

友人が急病でたおれ、その見まいのために、北海道東部の小さな町を訪《たず》ねたことがある。

新千歳《しんちとせ》空港で飛行機を降《お》り、そこからはバスを乗りつぎ乗りつぎ、五時間におよぶ行程を余《よ》儀《ぎ》なくされる。

なん本かの乗りつぎをくり返すうちに、どんどん周囲がさびしくなっていく。

場所がら、それも当然といえば当然だ。

最後の乗りつぎ地である、小さなバス停に降《お》ろされたときには、すでに周囲は真っ暗だった。

なにもない。だれもいない。本当に、なんにもないさびしい山中。

時刻表《じこくひょう》を見てみる。

「えーと、いまが十八時四十分だから、次の便は……十九時五十分か。えええーっ！」

おどろいたひょうしに出たわたしの声が、周囲の山々にこだまする。しかたない。なにをどうさわいでも、こないものはこないのだ。

「まいったな。これはまじでまいったな。クマかなにか出そうで、まいったな……」

街灯もない。いや、あるにはあるのだが……みごとに電球が割《わ》れている。

「はだか電球なんか、いくらもしねえんだから、せめて替《か》えとけよな！」

いろいろぼやいてみるが、やはり目のまえのじゃり道は、静かにたたずんだままだ。

周囲にときおりふく風が、ダケカンバの葉を、さわさわとゆらしては過ぎてゆく。

わたしはくちかけたベンチに腰《こし》を下ろそうと試みるも、座面《ざめん》に堆積《たいせき》した土ぼこりがひどくてかなわない。

やれやれと下ろしかけた腰《こし》をもどし、わたしは藍色《あいいろ》に影《かげ》を落としたいなか道の先を、ただうらめしげに見つめていた。

と、突然《とつぜん》、闇《やみ》の中では目が届《とど》かぬはずの鳥たちが、いっせいにまい上がるのがわかった。なにかが……坂を登ってくる。
闇烏《やみがらす》の羽音が収《おさ》まるのを待ち、坂の下に向けてそっと耳をそばだてた。

んおおおおおぉぉぉぉぉぉぉ……んん

エンジン音。しかもそれは……確実に大型エンジンのそれだ。
しだいにその音は明確になっていき、いまはエンジンの音にまじって、じゃりをふみこむタイヤの音までが聞こえている。

それがバスなのか、トラックなのか……。
いや、それがトラックだとしても、ヒッチハイカーのように便乗させてもらおう！
わたしはそう決意していた。
音はしだいに近くなる。
ところが、その〝姿《すがた》〟が、どこにも見当たらないのだ。

(な、なんだ?　ここには別に、並行《へいこう》する道かなんかがあるのか!?)

そう思ったとたん、自ら「ばかな、そんなはずはない」と声に出して打ち消した。依然《いぜん》、音はどんどん近づいてくる。

いまやそれは、すぐ目前にまでせまっていた。

「あっ!!」

気がつくと、すぐ近くに惰性《だせい》速度ともいえる、のろのろ運転で進んでくるバスがいた。ヘッドライトを消し、車内にも車外にも照明の類《たぐ》いがいっさいない。アイドリング程度にまで落ち切ったエンジン回転数のままで、じわじわと進んでくる。

しかもだ。

しかもその車体は、わたしが小学校低学年のころに、路線用に投入されていた型式であり、いまとなっては、交通博物館にでも行かないかぎり、決してお目にかかることのできないものだった。

「な、なんでこんな……」

ギギッガシャアッ！

おどろくわたしをしり目に、車体の中ほどにある、じゃばらドアが開いた！

「乗りますかぁ!?」

声のする方を見ると、真っ暗な車中に女性の姿《すがた》が……。

（しゃ、車掌《しゃしょう》か!?）

その瞬間《しゅんかん》、頭の中に〝乗ってはいけない！〟という声がひびいた。

「いや、乗らないです」

「……」

瞬間的《しゅんかんてき》ではあるが、そこにはおかしな沈黙《ちんもく》があったように思う。

「発車、オーライ！」

ギギギッガシャアッ！

ドアの閉《し》まる音。

そして次の瞬間《しゅんかん》、目のまえからすべてが消え去っていた。

校内放送

先日、めずらしく友人Kが、小学生の息子《むすこ》をともなって遊びにきた。

くるなり、その息子《むすこ》が、なにやらいいたげにしているので、「どうした?」と聞いてみる。

つい先日、給食のときにかかる校内放送で、しゃべっている児童のうしろで、なん人もの男女が、すすり泣いているのを聞いたという。

「かんちがいとか、聞きちがいとかいうことは、考えられない?」

わたしが聞くと、息子《むすこ》は話を続けた。

そのときはクラス全員がその声を聞いており、いっしょに食事をとっていた先生までも「なにかあったのかもしれないから、ちょっと放送室を見てくる」といって出て行ったという。

その間も、絶え間なく泣き声は続いており、児童たちも一様に不安の色をこくしていく。ときに強く、ときに嗚咽《おえつ》をもらしながら、まるでだれかの野辺送りでもしているかのような男女数人の泣き声。

しばらくして放送室を見に行った先生が、首をかしげながら教室にもどってきた。

「児童以外だれもいなかったよ。考えてみれば大人がそばにいたとしても、担当《たんとう》のF先生ぐらいだろうからな……？　おっかしいなぁ」

そういいながら急いで給食をすませ、あわてて職員室へと帰って行ったそうだ。

それだけなら、なんの問題もなかった。

だがその翌日《よくじつ》のこと。そのとき、マイクに向かってしゃべっていた子が、不慮《ふりょ》の事故にあって亡《な》くなったというのだ。

Kが補足《ほそく》する。

「なんでも塾《じゅく》へ行くとちゅう、横断歩道をわたっていて、信号無視《むし》のトラックにはねられたのだそうだ」

泣いていたのがだれだったのか。なにを意味するのか。

いまもってわからない。

戦友

これは友人である、Ｉさんの父親の身に起こった、ちょっと不思議な話。

こわい……という部分はさておき、時代に翻弄《ほんろう》されたあるひとりの男の物語だ。

彼《かれ》の父親は、第二次世界大戦中、少年飛行兵として、青春時代の多くを戦争にささげた男だった。

戦争末期、日本は最後の手段《しゅだん》として、特別攻撃隊《こうげきたい》＝特攻隊《とっこうたい》という悲しくも凄惨《せいさん》な作戦に打って出た。

駆逐艦《くちくかん》を撃破《げきは》するため、自らが操縦《そうじゅう》して体当たりする人間魚雷《ぎょらい》・回天。自らの機体にはエンジンがなく、大型の飛行機に牽引《けんいん》されグライダーのように滑空《かっくう》して、敵艦《てきかん》めがけて突撃《とつげき》する小型航空機・桜花《おうか》。

そして強力な爆弾《ばくだん》をのせて敵艦隊《てきかんたい》につっこむ、海軍航空機による体当たり戦術を行う特別攻《こう》撃隊《げきたい》。Ｉの父はこれに志願した。

神風《しんぷう》特別攻撃隊《こうげきたい》、通称《つうしょう》〝神風《かみかぜ》〟である。

戦闘機《せんとうき》には片道分《かたみちぶん》のみの燃料を積み、ひとたび飛び立てば、生還《せいかん》する見こみのきわめて低い、無謀《むぼう》かつ果敢《かかん》な作戦だ。

それは、Ｉの父が数日後に出撃《しゅつげき》をひかえた、ある晩《ばん》のこと、ひとりの戦友と夜通し語り合っていた。

ここでふたりが語り合った話……。

それは「もし、戦争にならなければ、自分たちは、いまごろなにをしていたであろうか。もし、生きて帰ることができたなら……もし、もし、もし……」

ありえないとはわかっていても、その〝もし〟に一縷《いちる》の望みをたくし、あと数日にせまった自らの命を謳歌《おうか》する。そんな会話だったという。

夜が明け、自分の戦闘機《せんとうき》に乗りこむと、さまざまな事前のチェックをするため、Iの父は飛行訓練をしていた。

基地を飛び立って間もなく、Iの父は飛行機の異変《いへん》に気づいたという。

エンジンがにぶい音をたて、どうにも出力が上がらない。

即座《そくざ》に、もといた基地へと引き返し、着陸態勢をとる。

しかしこんどは、メインギア（車輪）が出ない。なんどもなんどもレバーを操作《そうさ》するが、車輪が下りないのだ。

このメインギアが下りたかどうかは、翼《つばさ》に設けられたピンにより確認《かくにん》することができる。

メインギアが翼《つばさ》下部に格納《かくのう》されている状態なら、翼《つばさ》の上にピンがつき出し、コックピットから目視《もくし》できるというしくみだ。

その後もIの父は、なんどもレバーを操作《そうさ》し、車輪を下げるための動作をくり返すが、ピンが一向にさがらない。依然《いぜん》として、エンジン出力も上がらぬまま。このまま飛行を続ければ、まちがいなく墜落炎上《ついらくえんじょう》する。

彼《かれ》はやむなく、車輪なしによる、胴体《どうたい》着陸を決断した。

五十メートル……三十……十……機体は、確実に地面に近づいていく。

ズガガガガーン!!

機体は満足なコントロールもできないまま、あれた滑走路《かっそうろ》にたたきつけられた。

そのとき、機体の一部が右太ももにささり、それが血管を切りさいて、Iの父は重傷《じゅうしょう》を負ってしまった。

軍医たちの懸命《けんめい》な救護の結果、Iの父はなんとか一命を取り留める。しかし図《はか》らずも、そのまま軍病院へ入院することとなってしまった。


それからなん日かが経過した日。

Iの父が横たわるベッドのすぐそばに、あの夜、語り合った戦友が立っていた。

「調子はどうだ?　その顔色なら、またすぐ飛べそうだな」

そういって、彼《かれ》は顔をほころばせた。

笑っていた顔が、一瞬《いっしゅん》こわばったかと思うと、唐突《とうとつ》にこう続けた。

「明日になった。おれは明日、行くことになったよ」

Ｉの父はおどろき、目を丸くして友にいった。

「お、おまえ！　明日って……明日はおれが……」

「おまえは行けんだろう」

本来明日は、自分が飛び立つ予定であった。戦友は負傷《ふしょう》したＩの父の代わりに、自らその役を志願したのだった。

それから彼《かれ》は多くを語らず、静かに病室をあとにしたという。

「先に行って待ってる」

それが戦友の最後の言葉だった。

Ｉは、高校生になっていた。

毎晩毎晩《まいばんまいばん》、酒を飲んでは、自分の武勇伝を語る父を、そのときは正直うとましく思い、まじめに話を聞くこともせず、悪態をついていた。

話の内容は、いつも同じ。

「いいか！　戦闘機《せんとうき》ってのはな……」

「ああ、はいはい。もうなん千回も聞いたよ！　いいからもう、早くねちまえよ！」

日々こんな具合だった。


ある日のこと。その晩《ばん》は少しようすがちがっていた。

Iの父はいつものように、一升《いっしょう》びんをテーブルにどんと置き、使いこんだグラスをそのとなりに置いた。

自分の向かいの側に、まるで、そこにだれかがいるかのように、もうひとつグラスを置いたのだ。

Iは、横で晩飯《ばんめし》をほお張りながら、そのようすを見るともなしに見ていた。

「なぁオヤジ、いったいなにして……」

Iの問いかけにかぶせるように、父がいった。

「いや～、本当にひさしぶりだな！」

そういって、向かいに置いたグラスに、酒をなみなみと注ぎ出した。

自分のグラスにも同じように酒を注ぐと、それを一気にあおる。

するとと父は、グラスを乱暴《らんぼう》にテーブルにたたきつけるように置くと、うつむいたままじっと固まっている。あっけに取られたIは、急いで口の中のものを飲みこむと、動きを止めてじっと父を見ていた。

父の肩《かた》がゆれていた。空になったグラスをにぎりしめ、肩《かた》をわずかにゆらしている。それは、生まれて初めて見る、〝強い親父《おやじ》〟の涙《なみだ》だった。

そこに、あの日散った父の戦友がいたのかどうかはわからない。が、Iの目には、父の向かいにすわる、りりしい顔をした特攻兵《とっこうへい》の姿《すがた》が映《うつ》ったように感じたという。

戦争はひどい。それはまちがいない。

当時そこには、確かにかがやきに満ちた青春時代を送った、たくさんの若者《わかもの》がいたのだ。

志なかばでありながら、空に、海に、そして、大地に散っていった方々に敬意《けいい》をはらい、冥《めい》福《ふく》を祈《いの》らずにはいられない。
散った先人たちの目に、現在の日本はどう映《うつ》っているのだろう。

猫《ね》喰《こ》い《ぐ》

いまから五年ほどまえ、ある女性の漫画家《まんがか》さんから聞いた、実に不思議な話。

彼女《かのじょ》は以前、ある怪談系《かいだんけい》の月刊誌《げっかんし》で、読者から寄せられた投稿《とうこう》をもとにした、漫画《まんが》の作画を生業《なりわい》としていた。

当時、体験談の作画に関しては、たくさん届《とど》く読者からの手紙を、編集部の方でなん通かセレクトして、その中から作画に起こしやすいもの、特集のテーマに合ったものを、漫画家《まんがか》が選ぶという方法が取られていた。

その回も同様で、編集部から、十通の読者寄稿《きこう》が彼女《かのじょ》のもとに届《とど》けられた。

彼女《かのじょ》が手紙を読み進めていくと、一通だけ、どうにも不思議な感じのする手紙がまぎれこんでいた。

まず封筒《ふうとう》は、なんの変哲《へんてつ》もない白い定形封筒《ふうとう》なのだが、あて先、差出人の文字が極端《きょくたん》にうすい。2Hくらいの鉛筆《えんぴつ》で書いているのではないかと思うほど、うすい文字だった。

一見して、他の体験談とはまったくちがう感じが、その封筒《ふうとう》からぷんぷんとただよっているのだ。

(なんだろうこれ？　すごく変な感じだな……)

そう思った彼女《かのじょ》は、先に他の体験談を読みつつ、自分でもなんとなくそれをさけているのがわかるほど、それだけが異様《いよう》なものだった。

結果、その封筒《ふうとう》の中身を見るのは、最後になってしまった。

その時点では、その封筒《ふうとう》の中身を見るまでもなく、ほとんど作画候補《こうほ》は決まっていたのだが、まったく目を通さずに編集部に送り返すのも失礼だと思い、彼女《かのじょ》はなかばしかたなく、封筒《ふうとう》の中身を見ることにした。

「うわぁ……なんなの……これ？」

中に入っていたのは、封筒《ふうとう》と同じく白い便せん。

そこに封筒《ふうとう》と同じくうすーい鉛筆《えんぴつ》の文字で、改行することなくびっしりと、下まで文字が書き連ねられてある。

しかも不思議なことに、なにが書いてあるのか、よくわからない。

こと細かになんらかの説明は書かれているのだが、その内容がまったく頭に入ってこず、断《だん》片的《ぺんてき》に、映像《えいぞう》としてうかんでくるだけで、文字を読んでいる感じがしないのだ。

（どうして理解できないんだろう……？）

そう思い、彼女《かのじょ》は二度、読み返してみた。しかし、そこに書かれているのは、確かに日本語なのに、本当に理解することができない。

（気持ち悪い……どういうことだろう？）

そんな思いばかりが頭をよぎる。

「こわいというより、悪寒《おかん》がする、胸《むね》がもやもやする……というような気持ち悪さを、いまでもはっきり覚えています」

そう彼女《かのじょ》は語っていた。

〝これはよくないものだ〟と直感した彼女《かのじょ》は、作画する候補《こうほ》も決まっていることだし、これ以上の情報は必要ないと、すべての手紙をすぐに編集部に返却《へんきゃく》することにした。

翌日《よくじつ》、例の手紙をふくむ読者からの手紙を、宅配便《たくはいびん》で送り返したこと、作画候補《こうほ》に決めた手紙のことを確認《かくにん》するため、彼女《かのじょ》は担当《たんとう》編集者にあてて電話を入れた。

「あのう、読者の方々のお手紙、そちらに届《とど》きましたでしょうか?」

担当《たんとう》は届《とど》いているといった。

「ああ、よかったです。それでですね、その中にちょっと、変な手紙がまざってませんでした? いえ、白い定形封筒《ふうとう》で……。実はそれ、中になにが書いてあるか、意味不明なんですよね。もう気持ち悪いとしかいいようがなくて。えっ? いえ、それじゃないです。今回全部で十通いただきましたよね……?」

おどろいたことに、あの封筒《ふうとう》が消えていた。うすい文字の、白い封筒《ふうとう》などどこにもないと、担当《たんとう》は答えた。

しかも、そんな封筒《ふうとう》や手紙は記憶《きおく》にないとのことで、彼女《かのじょ》あてに送った分の体験談は、すでに全部もどってきているというのだ。

（えっ！　わたし、送り忘《わす》れたの？　まだうちにあるの……あの封筒《ふうとう》が？　確かに昨日、編集部あての宅配便《たくはいびん》の中に入れたはずなのに！）

そう思って、彼女《かのじょ》は家中をさがしてみるのだが、どんなにさがしても、あの手紙が見つかることはなかった。

おそろしく気持ちが悪いと思いながらも、体験談の作画に取りかかった。

（担当《たんとう》もうちに送った体験談の手紙は、全部返ってきているというし……。もしかしたら、気持ち悪いと感じているのはわたしだけで、中身はふつうの体験談だったのかもしれない……）

彼女《かのじょ》はそう思い直すようにして、ひとまずは、候補《こうほ》の体験談で作画を進めることにした。

しめ切りとの戦いになる漫画《まんが》の作画作業というのは、想像以上に過酷《かこく》をきわめる。その仕事が終わるころには、彼女《かのじょ》は、すっかりあの封筒《ふうとう》の件は忘《わす》れてしまっていた。

漫画原稿《まんがげんこう》のしめ切りの日。

彼女《かのじょ》が仕事をしていた雑誌《ざっし》の編集部は、銀座《ぎんざ》の真ん中にあった。いまから原稿《げんこう》を持っていくと担当《たんとう》に連絡《れんらく》を入れて、彼女《かのじょ》は家を出た。

（銀座《ぎんざ》に行くには、中央線で東京駅に、そこから有楽町に出て……）

などと考えながら電車に乗ったところ、どういうわけか乗ってすぐに、おそろしく具合が悪くなり、はき気や頭痛《ずつう》が止まらず、彼女《かのじょ》は電車をとちゅうで降《お》りてしまった。

季節は真夏で、家の中で漫画《まんが》ばかり描《か》いていた彼女《かのじょ》は、自分の体力のなさのせいだと割《わ》り切ることにした。

降《お》りた駅は四ツ谷。ふだんはめったに乗らないのに、そのときばかりは、タクシーで行ってみようと、ふいに思い立った。

あとになって思うと、ふだんは車酔《くるまよ》いするからという理由で、タクシーをさけているのだ。それを具合の悪いときに、あえてタクシーで四ツ谷から銀座《ぎんざ》に向かうなど、なんとも釈然《しゃくぜん》としない行動である。

「銀座《ぎんざ》四丁目まで……」

そう運転手に告げ、彼女《かのじょ》はシートにもたれて、外の景色を見送っていた。ほどなくして、運転手がなにやらひとりで語り始めた。

「いやぁ、今日は終戦記念日ですよねぇ。わたし、この時期になると、毎年思い出す話があるんですよ……」

(ああ、そうだ。今日は八月十五日だったんだな。終戦記念日だ……)

運転手の言葉を受けて、初めて彼女《かのじょ》は気がついた。

助手席にはってある運転者カードを見ると、運転手はかなり年配に見える。

運転の方はだいじょうぶなのかと思いながら、いまだ治まらない具合の悪さから、彼女《かのじょ》は適当にあいづちを打っていた。

車はゆっくり銀座《ぎんざ》方面へと進んで行く。

「戦争中は、本当にみな貧乏《びんぼう》でね。なにかを買おうにも、なにもないんですよ。ものがね……。本当に日本は、みな貧乏《びんぼう》でしたねぇ。

戦争中も大変だったけど、戦後がもっと大変だった。このへんなんてもう、バラック小屋だらけでね。子どもなんて、みぃんな、がりがりのぼろぼろ。孤児《こじ》もたくさんいた。

うちは不幸中の幸いか、家族が欠けることなくそろっていたけれどもね。

そうなると、大変なのは食べるものだ。もうね、好ききらいなんていってる場合じゃないんですよ」

(なんか話が変な方向へ行くぞ……)

彼女《かのじょ》がそう思い始めたときだった。

「そのうちに、わたしの兄がね、ようすがおかしくなってしまった。栄養失調なのか、なんなのか、目がおかしくなってしまったんだね。いもしないものが、見えるようになってしまったんだ」

やはり話は変な方向に向かった。

「そんな経済《けいざい》状態だったからね、病院に行くお金もなくてね。困《こま》ってたら、町はずれに母の知り合いの拝《おが》み屋さんがいて、その人に見てもらおうということになったんですよ」

(拝《おが》み屋……さん？)

なおも運転手の話は続く。

「兄と、母と、わたしとでその拝《おが》み屋さんのもとへ行くとね、部屋に入った瞬間《しゅんかん》に、『ああ、もう、あんたらなんてこと！　猫《ねこ》を食べたのかい！　なんてひどいことを！』ってどなるんだ。おどろいたねぇ。兄が見ていたのはね、実際には、いもしない猫《ねこ》の影《かげ》でね。でも、しかたなかった。食べるものがなくて、なくて。みんなしかたなく、猫《ねこ》やイヌや、食べられるものは、なんでも食べなければ、それこそ生きていけなかったんだ……」

そこまで話が進んだあたりで、車は銀座《ぎんざ》四丁目の交差点に到着《とうちゃく》。

彼女《かのじょ》はまるで、キツネにでもつままれたかのような心持ちで、そのタクシーを降《お》りた。

そして、降《お》りた瞬間《しゅんかん》に、はたと気づいた。

（この話、知っている。読んだことがある。そう、読んだことがある！　これって……あの白い封筒《ふうとう》の中身だ！

そうだ、確かそんな話だった。戦争中に猫《ねこ》を食べてしまったという話で、その後、兄のようすがおかしくなって、後悔《こうかい》している……と。なぜあのときは、理解できなかったんだろう？まちがいない。そういわれれば、確かにそんな話だった！）

連綿とつづられていた懺悔《ざんげ》の手紙。消えてしまった手紙。

そのあと、原稿《げんこう》を編集部に届《とど》け、再度担当《たんとう》編集者に、あの白い封筒《ふうとう》のこと、タクシーの運転手が話した内容などを、矢つぎばやに伝えたが、編集部内でも例の封筒《ふうとう》は見つからずじまいだった。

結局、この話を漫画《まんが》に描《か》くわけでもなく、彼女《かのじょ》自身も、この話自体を頭のすみで覚えてはいたものの、そのまま放置することとなった。


それから約十年。

彼女《かのじょ》の友人の漫画家《まんがか》が、あるSNSの自身のページに、こんな書きこみをした。

「夏だからこわい話を募集《ぼしゅう》するよ～」

それを見た彼女《かのじょ》は〝こんなのがありますよ〟と、なんとなく軽い気持ちで、忘《わす》れかけていた例の話を書きこんだ。

「あの体験談、削除《さくじょ》してもいい？」

数日後、漫画家《まんがか》から彼女《かのじょ》に、そう連絡《れんらく》が入った。

SNSなど見ることもできない漫画家《まんがか》の母親が、「猫《ねこ》がくる！　猫《ねこ》がくる！」とさけんでおびえるというのだ。

彼女《かのじょ》がアップしてから一週間ほどで、例の話は削除《さくじょ》されることとなった。


その後、彼女《かのじょ》は、なんどか有名怪談雑誌《かいだんざっし》にこの話を送ったが、まったくといっていいほど、リアクションがない。

(もしかして、全然こわい話じゃないのかな? それとも、創作《そうさく》だと思われているのか……?)

〝ああ、またこの人か〟と思われることを覚悟《かくご》で、なんども送ってみたが、この話が作品として掲載《けいさい》されることはおろか、どういうわけか、編集部に届《とど》くことすらなかったという。

あるホテルのできごと

いまから十七、八年ほどまえのこと。

車で北海道へ行く機会があり、わたしは函館《はこだて》→洞爺湖《とうやこ》→札幌《さっぽろ》と回っていた。最後の宿泊地《しゅくはくち》となった札幌《さっぽろ》で、少々奇異《きい》な体験をしたのでふれてみようと思う。

現地まで行って宿泊《しゅくはく》予定のホテルに連絡《れんらく》をしたところ、なんと予約の日にちが一日ずれていることが発覚。あわてて懇意《こんい》にしている旅行代理店に電話し、なんとか一軒《けん》のホテルを確保してもらった。

そこは、近くに大きな川が流れており、目のまえにはJ温泉《おんせん》方面へと続く国道が通っている。車を駐車《ちゅうしゃ》スペースに置き、荷物を持ってチェックインする。ところが一歩、建物に足をふみ入れたとたん、わたしはなんともいい知れぬ不安感におそわれた。

周囲にも、ホテルの中にも、なにも緊張《きんちょう》する要素が見当たらないのに、じょじょに心臓《しんぞう》が早鐘《がね》のように激《はげ》しく鼓動《こどう》を打ち始める。子どものころから、なんらかの霊的《れいてき》作用がある場所へ行くと起こる、ある種の警告《けいこく》のようなものだ。

わたしは社員の和田とふたりで移動していたため、チェックイン後、それぞれ自分の部屋へと向かう。

わたしにあてがわれた部屋は、中層階《ちゅうそうかい》にあるシングル。

カードキーを差しこみ、ドアを開けたとたん、一瞬《いっしゅん》ではあるが、中へと吸《す》いこまれるような感覚に見まわれた。

荷物を置いて、タバコを一本吸《す》おうと愛用のライターを取り出す。

ところが、いったんは火がつくのだが、なんどやっても、すぐにふっと消えてしまう。わたしが使っているライターは、少々の風でも、安定した着火能力があるというのが売りなのにだ。

今度は、耳鳴りがわたしをおそった。そして、例の警告《けいこく》の鼓動《こどう》……。

（考えすぎ、考えすぎ！　きっと長旅でつかれてるんだ）

そんなことはないのは、自分がいちばん承知しているのだが、わたしは、むりやりそういい聞かせ、部屋をあとにした。

それから和田と食事をとろうと、薄野《すすきの》方面へと出向いた。帰りに居酒屋で一ぱいやり、店を出て、客待ちをするタクシーを拾う。

「あのホテル、新しくて気持ちいいね」

車内でわたしは、さりげなく和田に部屋のことを聞いてみることにした。

「う〜ん、確かに建物も大きくて新しいし、見てくれはいいんですけどね……」

「なんか問題ある?」

「いやいや、問題ってほどのことではないんですがね。なんていうかな……部屋に入ったとたん、強烈《きょうれつ》な寒気がして、それが止まんないんですよね。つかれてるのかなぁ……」

そこでわたしは、さっき自分が感じた感覚を、そっくり和田に伝えることにした。

「ちょっといいですかね」

我々《われわれ》の話に割《わ》りこんできたのは、タクシーの運転手だった。

「お客さんが、いま向かうホテルね、実はつい先日、おかしな事件があったばかりなんですよ」

「事件？」

和田とわたしは同時にたずねた。

「ええ。ご存《ぞん》じなかったですか？　新聞やテレビなんかでも、ずいぶんやってましたけどね」

「いや、なんにも知りません。東京からきたもんですから……」

わたしは答えた。

「もしかしてお客さんたち、あのホテルに予約なしで泊《と》まれなかったかい？」

「ええ確かにその通りですが、それがなにか？」

「いまはこっちもいい季節なんですよ。それを予約なしで泊《と》まれるって、変だとは思わなかったですか？」

おどろいて、わたしは和田と顔を見合わせた。

そこから運転手が語ってくれた内容は、おおよそこんなことだった。

つい先日、地方から修学旅行にきた中学生の一行が、あのホテルに泊《と》まった。

その夜、ある少女グループが一室に集まり、こっくりさんを始めた。

そのうちに、ひとりの少女が精神に異常をきたした。身の危険を感じたグループのメンバーは、その少女をひもでしばり、動けないようにしていた。

ところが、その直後、少女たちのいたフロアで火があがり、しばられた少女は逃げおくれて焼死したというのだ。

「……そ、その階数ってわかりますか？」

「ああ、もちろん知ってますよ。○階の○○○号室ですね」

自分の耳を疑《うたが》った。

わたしが泊《と》まっている部屋が〝ずばり〟だったわけではないが、部屋番号からすると、おそらくわたしの部屋の真上と思われた。

別のホテルに変えようと和田に相談するが、根っからの〝無神論者《むしんろんしゃ》〟である彼《かれ》には、笑い話でしかないようだった。

わたしは、しかたなく部屋にもどるも、天井《てんじょう》が気になってしかたない。

気をまぎらわそうと風呂《ふろ》に入り、冷蔵庫《れいぞうこ》にあるビールを開ける。

（なんかつまみないかな？）

そう思って、ソファーから立ち上がったときだった。


ぶえええええぇぇぇぇぇぇぇぇぇぇっ!! うえぇぇぇぇぇぇ……


上の階から、はっきりと聞こえた。そして部屋中に充満《じゅうまん》しだす、こげたにおい。

わたしはたまらず部屋を飛び出すと、なんととなりの部屋から、和田も飛び出してきていた。

すぐに部屋を替《か》えてもらったのは、いうまでもない。

名刺《めいし》

さまざまな方面からいただいた名刺《めいし》を整理していた。

いざ始めるととんでもない数だ。ネットオークションで買った、六〇〇枚収納《まいしゅうのう》可能な、くるくる回る名刺《めいし》ホルダーが、三セットいっぱいになっても、まだ収《おさ》まり切らない。

近くの文具屋で同じものを発見したのだが、やたらと高くて名刺《めいし》ホルダーを買い足すことを断念。しかたなく、収納《しゅうのう》しきれなかった名刺《めいし》は、プラスチックケースに入れて保管することにした。

ふと気がつくと、足もとに一枚《まい》の名刺《めいし》が落ちている。

拾い上げて名前を見ると、放送作家をやっている友人Tのものだった。

（そういや、しばらく連絡《れんらく》とってないなぁ……）

そんなことを思いながら、わたしはTとの思い出をたぐり寄せていた。

Tの実家はお寺。Tは仏門に入るのがいやで、若《わか》いころに家を飛び出し、その勢いでしばらくホームレスをしていたという、壮絶《そうぜつ》な経歴を持っていた。無鉄砲《むてっぽう》な性格が災《わざわ》いして、なにをやっても長続きせず、いろんなところで社長をなぐってはクビになるをくり返していた。

そんなTにもひとつの特技があり、それがかけ値《ね》なしにおもしろい。

その〝特技〟とは、なんでも詩にしてしまうというものだった。

いまでも忘《わす》れられないもののひとつに、こんなのがある。

「母を見る子どもの目が　この世でいちばん美しい
疑《うたが》いを知らないまなざし　真実のまなざし
人はなぜ　そのまなざしを忘《わす》れてしまうのだろう」

たしかこんな風だったと思う。公園のひなたで遊ぶ母子をうたった詩だが、強くわたしの心に残った、一条の言霊《ことだま》だった。

しかし、たがいにいそがしさにまぎれて、ここしばらく疎遠《そえん》になってしまっている。

わたしは、ひさびさにTに電話してみることにした。

携帯《けいたい》電話のアドレスからTの番号を探《さが》し出し、通話開始ボタンをおす。

〈お客さまがおかけになった電話番号は、現在……〉

電話口に出た相手はTではなく、聞き覚えのある女性のアナウンス。

それならばと、出てきた名刺《めいし》にある番組制作会社に電話をしてみる。ちょうどわたしの知り合いで、Tのことも知っている社員が出た。

「ああ、Tはずいぶんまえに、実家へもどったよ。なんでも体調が悪いから静養する……っていってたね」

実家の電話番号は知っている。

わたしはすぐにかけてみたのだが……。

「中村さんとおっしゃるのですね。もしかして下のお名前は、まさみさんですか?」

「はい、その通りですが……」

「それはそれは……。実は折り入ってお話ししたいことがございまして、お時間がおありのときにでも、こちらにお立ち寄りいただけませんか?」

なにごとかと思い、さっそくその翌日《よくじつ》、わたしはTの実家であるお寺を訪《たず》ねてみた。

「まぁまぁ、わざわざおこしいただいて、申しわけないことでございます」

そういって出むかえてくれたのは、Tのおふくろさんだった。

「うちの息子《むすこ》は先ごろ亡《な》くなりましてね、今日がちょうど……四十九日になります」

「なっ、なんですって‼ あいつ、し、死んだんですかっ‼」

あまりのことに、思わず礼儀《れいぎ》もなにもない、粗暴《そぼう》な表現がわたしの口から飛び出てしまった。

調子が悪いと都会をはなれ、一度は飛び出した実家へもどったT。診断《しんだん》の結果、急性の白血病におかされていたという。

専門医《せんもんい》の懸命《けんめい》な治療《ちりょう》もむなしく、彼《かれ》の容態は日ごとに悪くなっていった。

「抗癌剤《こうがんざい》の投与《とうよ》により、変わり果てた自分の姿《すがた》を、息子《むすこ》はひどくきらいました。『こんな姿《すがた》は、絶対にだれにも見せたくない』と、それが口ぐせで……」

Tのおふくろさんが泣きながら続ける。

「『最期《さいご》のときは、生まれ育った家でむかえたい』という本人の希望で、出て行ったときのままにしてあった、自分の部屋で息を引き取りました……」

容態が急変する少しまえに、Tは一枚《まい》のメモを母に手わたした。

そこには〈友だち〉として、ほんの数人だけの名前が記されていたという。そのひとりがわたしだった。

「この友だちが訪《たず》ねてきたら、自分の死にざまを語って聞かせてほしい」

そういっていたそうだ。

一枚《まい》の名刺《めいし》が目に留まったタイミング。ちょうど四十九日にあたる日に、わたしが訪《おとず》れたタイミング。〝偶然《ぐうぜん》〟というには、あまりに悲しすぎる。

もらった家

なん年かまえのことだ。友人・小川の家へ泊《と》まりに行った。

小川が作った、なんだかわからない酒のさかなをつまみながら、たがいに二、三本のビールを飲み干《ほ》していた。

話題もつき、床《ゆか》にごろんと横になったまではよかったが、ふと気がつくと、わたしの足もとにだれかがぬっと立っている。部屋の明かりは点《つ》いたままで、小川はテーブルをはさんだ向こう側にねころんだままだ。

となると、わたしの知らない〝だれか〟が入ってきた……ということになる。

わたしは首をもたげて、その〝だれか〟を確認《かくにん》しようとした。その瞬間《しゅんかん》だった。

（んん？　……あら、金しばり……）

そのときわたしは、小川の方を向いたまま、折り曲げたざぶとんをまくらにしてねていた。

（なんだこれ!?　なんでっ……）

金しばりにあいながらも、わたしは視線《しせん》の先にねころぶ小川に、神経を集中させた。

（うわっ!!　だれだ、こいつっ！）

そうなのだ。わたしはてっきり視線《しせん》の先にいるのが小川だと思っていたが、そこにいるのはまったく知らない、やつれた男……。

そいつが口をななめにゆがませ、大きく開ききった口でなにかを発している。


あ……が……うぅえぇぇぇ……ご……ご……おおおおぉ

わたしとその男との距離《きょり》は一メートルあるかないか……。

心臓《しんぞう》が破裂《はれつ》するほどおどろいたわたしは、その姿勢《しせい》のまま背中《せなか》をエビのように反らせた。

瞬間的《しゅんかんてき》に金しばりは解け、目のまえはそれまで通りの〝あたりまえ〟な光景にもどっている。

わたしは、気持ちよさそうに寝息《ねいき》を立てている小川をゆり起こし、いま見たものを語って聞かせた。

するとおどろいたことに、小川は平然とこういった。

「おお、おまえも見たか？　ありゃあ、おれのおじだ」

「おじ⁇　おじってなんだよ！」

「実はな、この家、そのおじからゆずり受けたんだ。もう三年くらいたつが、当時この家にひとりで住んでてな。心臓《しんぞう》が悪くて病院へ入ったり出たりしてたんだ」

「それで？　なんでその人が……」

「まぁ聞けって。ある日おれを呼《よ》んでな、一枚《まい》の紙を手わたすんだよ。なにかと思って見てみたら、『遺言《ゆいごん》』と銘《めい》打《う》ってあって、ひとこと『おれの持ちもの、おまえにやる』ってよ。はは、笑っちまうだろ？」

「いやいや！　笑《わ》ろてる場合ちゃうやろ！」

「まぁ、そのあと、きちっとした譲渡《じょうと》契約《けいやく》を取り交《か》わしてな。表にある古い車とこの家……もらったわけなんだが……」

「だが……？」

「その後、勝手に病院ぬけ出して、ここに帰ってきててな。ちょうどおれがいる……ほら、このへんで死んでたんだわ」

そんな家によく住んでいられるな……などという、ごくごくふつうのセリフを、いう気にもなれないわたしであった。

お念仏

小学五年生のころ。

わたしは近所の友だちがやっていた、新聞配達のアルバイトを手伝ったことがある。

生まれて初めてやるアルバイトに、なんだか異常《いじょう》にわたしのテンションは高まっていた。

夏休みということもあり、同じ町内から数人が集まって、近くの新聞屋へ行く。

その日わたしが受け持ったのは、二階建てのアパートが立ち並《なら》ぶ、ある地域《ちいき》だった。紙に配達先のリストを書いてもらい、まだほの暗いうちから、なじみの町中を自転車でかけ回る。これがなかなかの重労働だった。

ある一軒《けん》のアパートに着いたときだ。

その二階にある全部の部屋が配達先になっていて、わたしは自転車のところで、持って上がる新聞の部数を確認《かくにん》していた。

するど、どこからともなく線香《せんこう》のにおいがただよってきた。

しかも〝なんとなく〟ではない。かなりくっきりとした、まぎれもない線香《せんこう》の香《かお》り。

もちろん一度になん本もあげる人もいるだろうし、宗派《しゅうは》によっては大量の線香《せんこう》をあげることもあるだろうから、わたしは、におい自体を不思議に感じたわけではなかった。

部屋数分の新聞を小わきにかかえ、鉄の階段《かいだん》を上っていき、左側の部屋から、ドアのポストへ新聞を差しこんでいく。

最後に残った、いちばん右の部屋の前まできたときだった。


ナマンダァブ～ナマンダァブ～ナマンダァブ～……


これにはかなりびっくりした。

わたしが、その部屋のドアに付いているポストに、新聞を入れようとした、まさにそのタイミングで、そのドアのすぐ向こうから、年配の女性らしき人が唱える念仏が聞こえてきたのだ。

その瞬間《しゅんかん》、おどろいて思わず新聞を落としそうになったが、改めて耳をすましてみると、その声はもうどこからも聞こえてこない。

(気のせいだろうか……)

そう思いながら、さっき上ってきた階段《かいだん》を下りかけたときだった。

ナァモアァミィダァァンンブゥウゥ……

ナァモアァミィダァァアンンブゥウゥ……

今度は先ほどの部屋の中からではない、わたしのすぐ背後《はいご》からそれは聞こえる。

そして、ふたたびただよいだす強烈《きょうれつ》な線香《せんこう》のにおい。

たまらなくなったわたしは、すぐにその敷地《しきち》からのがれ、道幅《みちはば》の広い表通りに出た。

なんとか、その日課せられたすべての配達をすませ、いったん家に帰り、夏休みの日課だったラジオ体操《たいそう》に参加した。

その日の昼ごろだったように思う。

変に周囲があわただしくなり、うちにも町内の役員さんたちが、出たり入ったりしている。

祖父に事情を聞いてみると、あるアパートの一室で、死人が出たらしいという。

(そうだ!　きっとそうだ!　あのアパートの、あの部屋だ)

わたしは祖父の言葉を聞いて確信していた。


「いやあ、あのお経《きょう》、ひさしぶりに聞いたなぁ」

次の日、前日亡《な》くなった人の葬儀《そうぎ》から帰ってきた祖父が、そんなことをいった。

「じいちゃん、なんのこと?」

「うん、お経《きょう》にもいろいろあってな。中でも今日の宗派《しゅうは》のお経《きょう》は独特なんだよ」

「どんな風なの?」

わたしは胸《むな》さわぎがして、祖父にたずねた。

「なんていうかな……こう、お経《きょう》自体に節があるんだよ。『ナァモアァァミダァァァンブゥウゥゥゥ……』って感じでな」

「!」

やっぱりそうなのだ。

あのとき聞こえた、あのお経《きょう》……。

「実はね、じいちゃん……」

なんだかいまとなってはいいづらかったのだが、前日に経験したことを、わたしはすべて祖父に話した。

「それはおかしいな……。その家に、そんなばあさんはいないんだ。しかも亡《な》くなった本人も、のどをわずらっていてな、ほとんど声らしい声は出ないんだが……」

わたしが聞いた念仏と、その日亡《な》くなった人との関係は知るよしもない。

しかし、あの日聞いた念仏。そして線香《せんこう》のにおい……。

わたしは、大人になったいまでも忘《わす》れることはない。

友を思う

数年まえ、ウェイクボードをやっているわたしは、友人四人と山中湖へ向けて車を走らせていた。

ウェイクボードというのは、ハンドル付きのロープをモーターボートなどに付けて航行し、そのロープにつかまってボードに乗って、水面をすべっていくウォータースポーツだ。

中央自動車道を通って、大月ジャンクションから東富士五湖道路に入る。コンビニに寄るため下道に下りたあとは、のんびりと行くことにした。

時刻《じこく》はまだ午前四時。

ふと見ると、まえに小型の４ＷＤが走っている。

しかし、なにかが変だ。ときおり、みょうに左右に蛇行《だこう》し、なんども路肩《ろかた》の縁石《えんせき》にぶつかりそうになっている。

「あれ、いねむりだね」

わたしだけでなく、同乗している全員が口々につぶやく。

「なんとか起こしてやらないとまずいな」

わたしの言葉に、助手席にいたAが答える。

「でもどうやって起こすよ？」

「とりあえず、クラクションでも鳴らしてみたら？」

後部座席《ざせき》にいるHがいった。

そういわれて、運転していたわたしは、なんどもクラクションを鳴らしてみるが、一向に気づく気配はない。

そしてついに、４ＷＤは一度大きく右にそれたかと思うと、むかいからきた大型トラックの横っ腹《ぱら》に激突《げきとつ》。そのままの勢いで、左路肩《ろかた》に立っていた電柱に、真正面からつっこんだ。

「うわわっ！　やったぁっ!!」

うしろからその一部始終を見ていたわたしたちは、ハザードをつけ、その場に停止した。

わたしたちのうしろからは、大型トラックの運転手もかけてくる。わたしの車に同乗していた友人たちも、次々に飛び出していった。

わたしは携帯電話《けいたいでんわ》で一一九番に通報し、ことのしだいを伝えた。

現場は、壮絶《そうぜつ》きわまりないありさまだった。路面一面にその残骸《ざんがい》をまき散らした車は、車種さえ判別不可能な状況《じょうきょう》におちいっている。

状況《じょうきょう》は最悪だった。しかも、いつ出火するともわからない車に、なん人もの人だかりができている。

「中の人は!?」

先に近くまで見に行っていたAに、わたしはたずねた。

「だいじょうぶだ！　生きてる！」

ぎしぎしときしむドアを、むりやりこじ開け、そこに集まった全員で、まずは運転席の男性を引っぱり出す。

シートベルトのおかげか、エアバッグのおかげか、外見的には、大きなけがは見当たらない。

するとその男性はすぐに助手席側に回り、同乗していた友だちと思われる人の救護にあたっている。

かいがいしく動きながら、「ごめんな、ごめんな……」とずっと同じ言葉をくり返している。

そこへ救急車が到着《とうちゃく》し、ぐったりとしている同乗者二名を、病院へ搬送《はんそう》していった。

運転していた男性は、そのまま警察《けいさつ》の現場検証に立ち会うらしく、わたしたちはその場をあとにした。


その日の夕方、地元テレビ局のニュースを、ホテルの一室で見たわたしたちは、全員、言葉を失い、その場に立ちつくした。

そのニュースは、こう伝えていた。

「本日早朝、山梨県《やまなしけん》の国道○○において乗用車が電柱に激突《げきとつ》。運転していた○○さん（三十一歳《さい》）は、搬送先《はんそうさき》の病院で死亡《しぼう》が確認《かくにん》されました。警察《けいさつ》の調べでは……」

あんなに元気に動き回っていた彼《かれ》は、実はあのとき、すでに亡《な》くなっていたのかもしれない。

「ごめんな、ごめんな……」

自分の過失により、けがをさせてしまった友人に、誠心誠意《せいしんせいい》つくしていた彼《かれ》……。
悲痛《ひつう》に満ちたあのときの彼《かれ》の声が、いまも耳をはなれない。

幽《ゆう》霊《れい》マンション

「きてくれ」

友人の秋山から、突然《とつぜん》の呼《よ》び出しがあった。

秋山は東京都下のある物件に引っこしたのだが、そこがどうやら事故物件だという。

「行かないよ」

わたしは即座《そくざ》に断った。こわいし……。

「いや、絶対いいネタになるって！」

「いらねえのだ、そんなものは」

それでなくとも、わたしの所には、むこうからその手の話が勝手にやってくる。

「すでに困《こま》り果ててるっていうのに、こっちから飛びこんでどうする！」

そういってわたしは電話を切った。遠巻《とおま》きにようすは見ていて、万一秋山がやせてくるようなことがあれば、そのときは行ってみようと思っていた。

その翌日《よくじつ》、秋山からまた電話がかかってきた。

なんだかただならぬようすなので、昨日よりは、ちゃんと話を聞いてやることにした。

「朝起きてリビングに行ってみると、テーブルの上に女性もののバッグが置かれていた。中身を確認《かくにん》しようと手をのばしたとたん、突然《とつぜん》、強烈《きょうれつ》な腹痛《ふくつう》におそわれて、トイレにかけこんだんだ」

〝ただならぬようす〟は、その腹痛《ふくつう》のせいなのかと思いながら、わたしは秋山に続きをうながした。

「それで？」

「部屋には玄関《げんかん》へ続く廊下《ろうか》があって、そのとちゅうにトイレがあるんだがな」

「それがどうした？」

秋山がトイレに飛びこみ、用を足していると、廊下《ろうか》をだれかが歩いてくる気配がするという。

思わず身をこわばらせ、秋山はその気配に神経を集中させた。

「そうしたら……『行ってくるわね』っていう声がした……」

迷わずわたしは、秋山に引っこしをすすめた。

ああ、行かなくて良かった……。

幽《ゆう》霊《れい》の現れ方

「霊魂《れいこん》の存在《そんざい》なんか信じない」


そういう方も少なくない。

その理由を聞くと、たいていは「見たことないから」と返ってくる。

その場合、わたしはこう質問することにしている。

「見ていないという、その証拠《しょうこ》は？」

すると、たいていの人は沈黙《ちんもく》してしまう。

確かにその考え方には一理ある。なぜなら、だれもが心に描《えが》く幽霊像《ゆうれいぞう》というのがあるからだ。

古典的なものだと、白い着物に、乱《みだ》れた髪《かみ》で、柳《やなぎ》の木の下に立つ女の姿《すがた》。現代なら足がないとか、ぼーっとすけて見えるとか、血をしたたらせているとか、そんな感じだろうか。

しかしいままでのわたしの体験からすると、このような姿《すがた》で現れるのは、かなりまれなケースであり、一部の例外を除《のぞ》けば、そのほとんどは〝死んだときの姿《すがた》〟で現れる。

今回はそうではない〝例外〟をお聞かせしようと思う。


いまから三十年近くまえ、当時全盛期《ぜんせいき》だったディスコの職業ＤＪをしていたわたしは、地方のＤＪ協会に所属していた。いうなれば、ディスコＤＪたちの地方組合みたいなものだ。

ある大きな都市に新たな店がオープンすることになり、しばらくは協会からだれかがその店へ行き、新人ＤＪの教育にあたらねばならない。

〝厳正《げんせい》なるジャンケン〟により、わたしが行くことになった。


店に着いてみると、店内はなんとも豪勢《ごうせい》な造り。

肝心《かんじん》なＤＪブースはと見ると、なんとそこには、東京でもめったにお目にかかれないような最新機器が、所せましと鎮座《ちんざ》している。

さっそくその日から、新人育成のプログラムを作り、オープンの日を目指して、猛烈《もうれつ》な特訓が開始された。

当時はバブル期のまっただなか。どこの街へ行っても、ディスコがあったものだが、やがてそれは飽和《ほうわ》状態となり、どんどん低料金化していった。

その低料金のおかげで、その店もオープンして間もなく、初めての〝常連〟ができた。やがて常連は、店に顔の利《き》くお客となり、決まったボックスシートを毎日、占拠《せんきょ》し始める。これも当時の常だった。

その中に少々気になる男性がいた。名前はNさんとしておこう。

彼はすらりとした長身で、流行のダンスからひと昔まえのステップにいたるまで、そのすべてを華麗《かれい》に踊《おど》り、一躍《いちやく》店の人気者になっていった。

それから二か月ほどたったころ、ふとNさんがこなくなった。

最初はNさんを待つ常連も気にはしていたものの、数週間もするうちに、だれの口のはしにも上らなくなった。

そんなある日のこと。

朝からしんしんと雪が降《ふ》り積もり、北国の冬もまさに本番。歩道と車道の間には、高い雪のかべができている。

わたしは歩道を、首をすぼめながら歩いていた。店へ行くまえにいつも寄るレコード店へ行くためだった。

ふと目を上げると、まえから長身の男性が、こちらに向かってくるのが見える。

「うぃっす！　どうもひさしぶり！」

すれちがう瞬間《しゅんかん》、その男性がわたしに声をかけてきた。ふっとわたしの鼻を、ムスクの香《かお》りがかすめる。

「あ……Nさん！　最近店に……」

そういって、わたしはふり返ったが、Nさんは返事もせずに行ってしまった。

その晩《ばん》、店にはいつもの常連が集《つど》い、十時を回るころにはほぼ満席状態になっていた。

自分の持ち時間をこなし、のどをうるおそうとブースから出ると、数人の常連につかまった。

常連席へ招かれ、あれこれ話すうちに、わたしは、夕方街で出くわしたNさんのことを思い出した。

「そういやあさ、今日の夕方、Nさんに会ったよ」

一同の顔が瞬間的《しゅんかんてき》にこわばったのがわかった。

「ん？　なに、みんなそんな顔して、どうしたの？」

不思議に思い、わたしはみんなにたずねた。

「な、中村さん、そういう悪いじょうだんは、よしましょうよ」

ひとりの常連客が口を開く。

「おれは、じょうだんなんかいってないよ。Nさんと会ったってのが、なんでじょうだんになるの？」

おくにいた女の子が、わたしの言葉を聞き、顔をくしゃくしゃにして悲鳴を上げた。

「ちょっとちょっと！　どういうことよ？　なんでそんな……」

どういうことなのか、さっぱりわからない。

「中村さん！」

別の客が強い口調でいった。

「な、なんだよ！」

「人が悪いっすよ!!」

「いやだからさ、いったいなにをそんなに……」

彼の顔がさーっと青ざめていく。

「もしかして中村さん、Nさん亡《な》くなったの……知らないんすか？」

「！！！」

知らなかった。いや、それどころかわたしは確かにその日……。

おわかりだろうか。

わたしはその日の夕方、確かに街角でNさんに会っていた。

もしその話を店で常連相手に持ち出していなければ、いまでもNさんの記憶《きおく》はわたしの心の中に生き続けているはずだ。〝生きている人間〟として……。

見たことがないから信じない。それはあまりに短絡的《たんらくてき》だ。

ひとつ追記するが、いまこうして書いているわたしの周囲には、家にあるはずのないムスクの香《かお》りがただよっている。

練炭車《レンタカー》

いまから十年ほどまえ、年の瀬《せ》もおしせまったころ。

わたしは仲間四人といっしょに、信州のある町へおもむいた。

現地までは電車で行き、駅に着いたところで、近隣《きんりん》のレンタカー店で車を借りる。

車種はひと世代まえの国産ミニバン。価格も広さもちょうどいいので、いっしょに行った友人の栗橋《くりはし》は迷わずその車をチョイスしたらしい。

だが、ひと目、その車を見たとたん、なんだかわたしはいやな感じがした。

なんで？　なにが？　と聞かれても、うまく説明できないのだが、とにかくその車には〝乗りたくない〟と強く感じた。

実はわたしは、他人の運転する車に乗ると、車酔《くるまよ》いしやすい性分。だから遠方へ行くときには、たいてい、自分でハンドルをにぎらせてもらっている。もちろん、その日も例外ではなかった。

わたしは車の運転には自信がある。「あたしすぐ酔《よ》っちゃう人なの～」とかいう人でも、まったく酔《よ》わせないで運転する自信がある。

しかしその日はちがった。

ごくあたりまえにアクセルとブレーキをふんでいるのだが、車自体の挙動がおかしいのだ。タイヤが片《かた》べりしているとか、どこかの機能が作用していないとか、そういう機械的な故障《こしょう》ではない。いうなれば、車体全体がうねるような感覚……。

そうこうするうちに栗橋《くりはし》がいった。

「ちょ、ちょっといいかな」

「どうした？」

ルームミラーごしに見ると、栗橋《くりはし》は真っ青《さお》な顔をしている。

「やべ！　ちょ、ちょっと停《と》めてくれ！」

ただならぬようすに、わたしが急いで路肩《ろかた》に車を寄せると、栗橋《くりはし》は、あわてて車外へ飛び出した。

栗橋《くりはし》は二、三回、大きく深呼吸《しんこきゅう》すると、こちらを向いてこんなことをいった。

「なんだかこれ、えらく気持ち悪い車だな……」

すると残りのメンバーも、ぞくぞくと車内から出て行った。

「実はあたし、ぎりぎり、はきそうになってた」

「実はあたしも。いままで車酔《くるまよ》いなんかしたことないのに……」

女性ふたりも異口《いく》同音にいっている。

わたしはだまっていた。さっきから感じている違和感《いわかん》は、気のせいではなかったのだ。

「決して中村の運転のせいではないと思うんだが、確かにおれも限界に近かった。なんていうかな、子どものころに味わった乗りもの酔《よ》いじゃないんだよな。

まるで……なにか大きな動物の体内にでもいるかのような……」

矢板がいったことは、わたしと同じ感覚だった。

「変な比喩《ひゆ》、持ち出すなよ」

栗橋《くりはし》が矢板に向かっていう。

「ねえ中村さん。なにか感じてるんじゃないの？」

志保が聞くが、わたしが感じていることを、いうべきではないと思っていた。

「なにがよ？」

なおも志保がつっこんでくる。

「変な霊的《れいてき》な感覚とかさ。この車って、なにかあったやつなんじゃないの？」

実はこのとき、わたしの中では異変《いへん》が起きていた。

鼻のずっとおくが〝つん〟と痛《いた》くなるような、異様《いよう》な感覚。そして、度の合わないめがねをかけたときのようなめまい。しかもそこに陰鬱《いんうつ》さが加わっている。

「とにかく先はまだ長いんだから、のんびり行こうや」

栗橋《くりはし》の言葉に、なんとか全員が気を取り直し、ふたたびわたしが運転して目的地へと走り出した。

ナビを確認《かくにん》し、案内のとおりに山側の道を選択《せんたく》する。

「このナビ、ずいぶんさびしい道を選択《せんたく》するんだな……」

わたしのひとりごとに、矢板が答えた。

「まぁ、ナビに従《したが》ってれば、まちがいないって」

周囲を見まわすと、くずれたかやぶき屋根や、ずたずたになった廃屋《はいおく》が並《なら》び、さながら和製ゴーストタウンのようだ。

「スンッ！　……スンッ！」

突然《とつぜん》、栗橋《くりはし》が鼻を鳴らし始めた。すかさずわたしは聞いた。

「なにやってんだおまえ？」

「いや、鼻がな。鼻のおくが、いてえんだわ」

「あたしも！」

「あたしも痛《いた》い！」

志保と初枝が答えた。

「いや、それよりもな。……中村。悪いが、またちょっとそのへんで停《と》めてくれないか」

いちばんうしろのサードシートにすわっていた矢板が、静かな口調でいう。

見ると左前方に車二台ほどのスペースがあり、わたしはそこに車を寄せて停《と》まった。

「おまえは、ぜんぜん平気なの？　鼻……痛《いた》くない？」

車を降《お》りた栗橋《くりはし》にいわれ、わたしは答えた。

「実はな。おれもさっきから鼻のおくが痛《いた》いんだ」

「これってさ、プールなんかで、鼻のおくまで水が入ったときの感覚に似てない？」

志保がいった。まさにそんな感覚だった。

「この車……返しに行こう」

真剣《しんけん》な顔で矢板がいった。

「なんで？　なんかあるのか、これ？」

「ちょっとこれ見てみろ」

栗橋《くりはし》が矢板にそうながされ、車のうしろに回りこんで、リアゲートを開いた。

「これだ」

矢板が指さした先は、車両最後部にあるトランクスペースの天井《てんじょう》だった。

「な、なんだこれ!?」

おどろいた栗橋《くりはし》が大きな声を上げる。

他の部位と同じ素材を使っているはずのそこは、あきらかに茶色く変色していた。

「あと……ここと、ここ」

矢板が別のところを指さす。それはゲートドアの裏側《うらがわ》にあたる部分なのだが、樹脂製《じゅしせい》のパーツが、あきらかに熱を加えたように、ゆるやかに変形している。

七輪……練炭……自殺。

我々《われわれ》の脳裏《のうり》に、その三つがうかんでは消えていった。

その場から、レンタカー会社に電話をかけ、新たな車を持ってきてもらったのはいうまでもない。

ほこり

「あんたさあ、なんだか不思議なものが見える……ってまえにいってたわよねぇ？」

五年ほどまえ、元祖おねえ系《けい》タレントともいえるHさんから、電話をもらった。

「あたし最近ね、〇って街に、新しいお店出したのよ」

なにがあったのかたずねると、Hさんが話し始めた。


その日の営業が終わり、Hさんは、きちんと片付《かたづ》けをして、かぎをかけ、店をあとにした。

ところが翌日《よくじつ》店に出てみると、カウンターの周りが異様《いよう》なほど、ほこりだらけになっていたというのだ。

おかしなことは、それだけにとどまらなかった。Hさんが続ける。

「こんどのお店は、雑居ビルの一角じゃなく平屋の店舗《てんぽ》を借りたんだけどね……」

閉店《へいてん》後しばらくして、店内に忘《わす》れものを取りにもどったHさんは、異様《いよう》な物音を耳にする。

「まるで店全体からひびくみたいに、『ドタンバタン！　ドタンバタン！』ってさ。びっくりしたわよ、あんた！

あんまり気持ち悪いからさ、ある日、店内にビデオカメラ置いて帰ったのよ」

「まぁよく、ありがちな……」

わたしの話など聞かず、Hさんは続けた。

「電話じゃうまく説明できないから、いまからこっちきなさいよ。じゃあね」

結局、有無《うむ》をいわせず、わたしは呼《よ》び出された。


待ち合わせ場所はその店。

Hさんに教えられた道をたどると、それらしい建物を発見。今日は定休日らしく、かんばんに灯《ひ》は入っていない。

近くのコインパーキングに車を入れ、わたしはふたたび店に向かって歩き出した。

いま、わたしが歩いている道のつき当たりに、その店はある。

なんだかみょうな引っかかりを感じながら、わたしは店のドアを開けた。

(……う～ん)

「ギャーッ!!」

わたしがドアを開けたとたん、絹《きぬ》ならぬ、〝ぞうきん〟をさくような悲鳴がした。

「な、な、な、なんだっ!?」

「ちょっとあんたっ！　なに連れてきてんのよっ！」

わたしの顔を見るなり、Hさんはさけんだ。

「やぶからぼうに、なにいってんだおやじ！」

「だれがおやじよっ！　と、とにかくちょっと出よう！　はやくっ！」

Hさんにうながされ、いま入ったばかりの店をそくさと出る。

「あんたがドアを開けた瞬間《しゅんかん》、ものすごい音でショウの音がひびいたわよ！」

「ショウの音……？　ショウって……雅楽《ががく》の笙《しょう》？」

「そうよあんた！　ちょっともう、かんべんしてよね！」

「かんべん……といわれましても……」

「まあとりあえずいいわ、とにかくいまは、これ見てよ」

そういいながらHさんはしっかりバッグを店から持ち出しており、中から最新式のビデオカメラを取り出した。

Hさんが、液晶《えきしょう》画面を起こし、再生ボタンをおす。そこには、店のカウンター全体が映《うつ》っている。

「このまま四十分くらいは、なにもないんだけどね……」

そういうと、Hさんは早送りボタンを操作《そうさ》した。

録画カウンターが四十一分あたりを示した。

〝ドンッ！　ドドンッ！　ドドドンッ！〟

激《はげ》しい低音がひびきだし、音が鳴るごとに、天井《てんじょう》から大量のほこりがまい落ちている。

「ね？　見たでしょ？」

「見たけど」

「なんとかしてちょうだい」

「……」

「見たからには、なんとかしてちょうだい」

「なんとかなるかっ！」

わたしは、とにかく他への移転をすすめ、あまりに居心地《いごこち》の悪い土地をあとにした。

（まったく。なんだってこんな変な土地に……）

そう思いながら、パーキングに向かって歩き出す。すると、突然《とつぜん》正面からふき付ける強烈《きょうれつ》な〝気〟を感じた。

ポケットからめがねを取り出し、あわてて前方を確認《かくにん》する。

神社……。

なんと、あの店の真正面には神社があったのだ。

Hさんのもとへ取って返し、わたしはその店と神社が相対していることを告げた。それが、おそらく関係しているのだろうと……。

その後、Hさんに店の移転を強くすすめたのはいうまでもない。

お化けトンネル

北のある町に、Mという住宅地《じゅうたくち》がある。

町の中心からは少しはなれており、あたりは全体に丘陵地《きゅうりょうち》になっていて、その頂上《ちょうじょう》付近に〝お化けトンネル〟と呼《よ》ばれる、小さなトンネルが存在《そんざい》する。


トンネルに入ったとたん、エンジンが停止し、女のうめき声がひびきわたった……。

だれもいないはずの後部座席《ざせき》から、白い手がのびてきて、運転手は視界《しかい》をさえぎられたあげくに、事故を起こす……。

トンネルへとつながる急坂《きゅうはん》を、腹《はら》ばいのまま、ものすごい勢いで女が下りてくる……。


こんな感じで、わたしが覚えているだけでも、そのトンネルに関するさまざまなうわさがあった。

〝トンネル内部でうめき声を聞いた〟という通報が特に多く、交通事故との判別がつけられない地元警察《けいさつ》は、そのたびに出動を余儀《よぎ》なくされていたらしい。

トンネルはずいぶんまえに造られたものらしく、内部に灯《とも》る照明の類《たぐ》いもとぼしくうす暗い。

着工当初はなんども落盤《らくばん》事故を起こし、多くの犠牲者《ぎせいしゃ》を出した。そのつど、工事はいったん停止され、完成までにいちじるしく長い時間を要した。その証拠《しょうこ》に、トンネル内部はとちゅうからレンガを使用するようになり、かべの材質が変わっているのが見て取れる。

そこが〝お化けトンネル〟と呼《よ》ばれるようになった原因も、「警官《けいかん》に追いつめられた強盗犯《ごうとうはん》が、逆上してここで警官《けいかん》を刺殺《しさつ》した」などの、いくつかの話が伝わっていた。

しかし、さまざまなうわさが飛び交《か》う中、それらとは一線を画す話がある。

たび重なる事故に業《ごう》をにやした関係者が、工事の安全を祈願《きがん》するあまり「山の神に人柱を献《けん》上《じょう》した」というものだ。

以前これに興味を持った地元テレビ局が、赤外線による非破壊検査《ひはかい》を実施《じっし》したことがあった。たいがい、この手のうわさというのは、おおげさな〝うそ〟が都市伝説化したものがほとんどだ。

ところが、このトンネルの場合はちがった。

専門家《せんもんか》による検査の結果、なんと本当にかべの中から、なん体もの〝人体〟と思われる影《かげ》がはっきりと映《うつ》し出されたのである。

わたしの友人で、当時地元の大学で、オカルトを学問として学んでいる男たちがいた。

彼《かれ》らは、このトンネルのうわさが真実かどうかを確かめるため、とんでもない計画を立てた。

トンネルの中に、プロ用のテープレコーダーと高感度マイクを設置し、内部に行き交《か》うあやしい音声を録音するというのだ。

「ぜひとも同行してほしい！」

そしてこともあろうに、そうわたしに電話してきたのだ。

わたしは、とりあえずしぶしぶ同意してみせたが、正直少し興味があったのは事実だ。

数日後、大学の研究メンバーと合流するため、わたしは自分の車に乗りこんだ。

いつものようにエンジンをかけ、車をスタートしようとするが、どうにもギアがローに入らない。

あたりまえにクラッチをふみこみ、あたりまえにギアを……しかしなにをどうやっても、シフトレバーがローのポジションに動かないのだ。

「なんだこりゃ？　……まいったな……」

約束の時間は刻々《こっこく》とせまってくるものの、肝心《かんじん》の車が動かないことにはどうしようもない。

まだ携帯《けいたい》電話などない時代で、わたしは急いで自宅《じたく》にもどり、大学に電話を入れたが、すでにメンバーたちは、学内にはいないとの返事だった。

やむをえず大通りに出てタクシーを拾い、約束の場所を目指すことにした。

予定より十五分ほどおくれて到着《とうちゃく》したわたしに、友人Eがこう切り出した。

「まいったよ。出がけに機材の調子を確認《かくにん》してたら、レコーダーがどうにも動かなくてさ。これ先月買ったばかりの新品なんだぜ」

わたしは、なにかいやな予感がした。

「ところで待ち合わせ時間に遅刻《ちこく》ってのは、おまえにしちゃめずらしいな」

「いや実はな……」

Eにそういわれ、わたしは朝からいまにいたるまでの顚末《てんまつ》を語って聞かせる。すると、そこにいた全員が、一様に不安げな表情になった。


待たせてあったタクシーに全員で乗りこみ、行き先、つまり例のトンネルの名を告げる。

するとそのタクシーの運転手が、思いがけないことを聞いてきた。

「いま積みこんだ機材……いったいなんなんです？」

別段《べつだん》かくし立てする必要もないと思い、Eが運転手に計画を話す。

「ほんとにあそこで、そんなことするんですか？」

ようすが気になり、わたしは運転手にたずねてみた。

「ええ、そのつもりですが。なにか問題でもあるんですか？」

「問題もなにもあんた、悪いこといわないから、そんなことするのやめなさい！」

「決してわたしたちは、遊び半分で行くわけではないんですが……。もしよかったら、そのへんの理由を聞かせてもらえないでしょうか？」

わたしがそういうと、初老の運転手はしばらく沈黙《ちんもく》したあと、こんな話をしてくれた。


それはいまから数十年もまえのことだという。

夜中にお客を例のトンネル近くで降《お》ろし、繁華街《はんかがい》方面へもどろうとしたところ、本部から業務無線が入った。

「K沢《ざわ》よりM方面、空車いませんか」

空車で中心街まで帰るには、もったいない距離《きょり》である。

すぐに無線のマイクを取り、運転手は、自分が現在すぐそばにいることを告げた。

すると迎車要請《げいしゃようせい》があったのは、トンネルを逆方向にぬけた所にある、一般《いっぱん》の民家だった。

すぐに車をUターンさせ、トンネルを目指して、曲がりくねった急な坂道を登っていく。

山を登ると、しだいに周囲に霧《きり》が立ちこめ出し、眼前になにが立ちふさがっても、判別できない状況《じょうきょう》になってきた。

いくつかのカーブを過ぎ、一段《いちだん》と急になった坂道を登りつめると、そこに例のトンネルが姿《すがた》を現した。

「そのときふっと、一瞬《いっしゅん》、車のまえを人影《ひとかげ》が横切ったんです」

運転手はあわててブレーキをふむと、なにもないことを祈《いの》りつつ、車から降《お》りて周囲を確認《かくにん》した。

前後左右をくまなく確認《かくにん》し、なにもなかったことに安堵《あんど》のため息をつきながら、運転席にもどる。

車をふたたび発進させ、運転手はトンネル内へと入っていくが、そのときルームミラーに、なにか動くものが映《うつ》りこんだ。

その当時、トンネルの中は、灯《あか》りのひとつも設置されておらず、構内も車幅《しゃはば》ぎりぎりのせまさだった。

そんなトンネルの中で、なんどもルームミラーに目をやるのが危険《きけん》だと感じた運転手は、トンネル内でいったん車を停車させた。

「いまでも信じられない。あんなものが、本当にこの世にあるなんて。いまでも……いまでもあれは、ときおり夢に出てくるほどです」

いままさにふり返ろうとする彼《かれ》の視線《しせん》上に、ふたたび先ほどのルームミラーに映《うつ》る物体が見えかくれする。

彼《かれ》は自分の目を疑《うたが》った。

真っ暗な車内、それも、だれも乗っているはずがない後部座席《ざせき》に、それはいた。

「めちゃくちゃに逆立ったざんばら髪《がみ》に浅黒い顔。その目はかっと見開かれていて、白目がないんです。だらしなく半開きになった下あごから、ずるりとのびきった舌がたれ下がっていて、『えええぇぇえええぇぇぇぇ』という声を発しながら、上半身を激《はげ》しく前後にふっているんですよ！」

わたしたち一同は、唖《あ》然《ぜん》として聞いている。

最後に運転手はこう付け加えた。

「悪いけど、わたしはとても、あの上までは行けません。たとえお客さんからの要請《ようせい》であっても、お断りしているんです。悪いけど……わかってくださいな」

ここまで聞かされてしまっては、さすがに、むりじいもできない。

そうこうするうち、車は現場近くの住宅地《じゅうたくち》へと入っていく。

「ほんとにごめんなさいね。わたしがお手伝いできるのは、ここまでです。あとはご自分らで坂を登っていってください」

そういうと、運転手はそそくさと、街方面へ向けて帰ってしまった。

「しかたないね。みんなで機材持って、登るとしようか……」

わたしは、落胆《らくたん》するみんなに向けていった。

気がつくと周囲には霧《きり》が立ちこめている。しかもそこはかとなく、かびくささがただよっていた。

ふだんからの運動不足がたたってか、みな一様に、ひいひいと息を切らして急な坂を登っていく。

やっとの思いで頂上《ちょうじょう》付近までたどり着き、トンネル入り口の横にある空き地に、それぞれが機材を下ろした。

トンネルをのぞきこむ全員の顔がこわばり、顔を見合わせては〝ゴクリ〟とつばを飲む。

「さ、さぁ、とっととすませて帰ろうよ」

わたしの号令で、それぞれ担当《たんとう》する機材の準備にかかる。

レコーダーにテープとバッテリーが入っていることを確認《かくにん》し、マイクスタンドに高価なマイクを左右対称《たいしょう》に二本セットして、トンネルの中に入っていく。

トンネル上部からカルシウムをふくんだ水がしたたっている。

その壁面《へきめん》を懐中《かいちゅう》電灯で照らし出すと、所々にある〝しみ〟が、人の顔のように見えてくる。

おそらくこのあたりが中央付近だろうと思われる所に、マイクをセットして録音を開始。片《かた》面《めん》三十分のテープを往復させる。

いったん、トンネルの外に出るが、そこで過ごす一時間は、なん十時間にも思えた。とにかく、なにか楽しい話題をだれかが話すことにして、沈黙《ちんもく》が続かないようにする。

十分、十五分、二十分、三十分……。ここでようやく、テープを裏返《うらがえ》し、さらに待つこと三十分。

ついに待ちこがれた一時間が経過して、みんなでマイクを回収《かいしゅう》するために、ふたたびトンネルの中へ向かう。

むろんその場で〝結果〟を確認《かくにん》できるはずもなく、とにかく急いで機材をバッグに収《おさ》めた。

「あっちゃあ、さっきのタクシーに、一時間後にまたきてくれって、たのんでおけばよかったな！」

Ｅがいい、そんなあたりまえのことすら、すっかり忘《わす》れていたことに気づいた。

タクシーを降《お》りたあたりに、自動販売機《はんばいき》と公衆電話《こうしゅう》があったように思い、わたしは、とりあえず登ってきた坂を下りることを提案した。

坂を下りきった所に、案の定、公衆電話《こうしゅう》があった。横には〝タクシーカード〟も備えられている。

唯一《ゆいいつ》の女性メンバーであったＹが、硬貨《こうか》を入れ、カードにある番号に電話をかける。すると、案外近くに空車がいたらしく、ものの十分ほどで到着《とうちゃく》するとのことだった。

割《わり》と正確な時間に、遠くからヘッドライトが近づいてきて、愛想《あいそ》のいい運転手が顔をのぞかせた。機材をトランクに収《おさ》め、全員が車に乗りこむ。

わたしとEが助手席にすわり、他の三人は後部座席《ざせき》へ。

ところがだ。

ものの十五分ほど走ったあたりで、わたしはこの運転手のおかしな行動に気がついた。なんだかしきりにルームミラーをのぞきこみ、後部座席《ざせき》のようすをうかがっている。

「どうかしましたか？」

わたしは思いあまって、運転手に声をかけてみた。

「いえいえ、もしかして、具合の悪い方がいらっしゃるのかなぁと思いましてね」

「なぜです？」

わたしの問いかけに、運転手はいった。

「先ほどからうしろで、ときおり『えぇぇぇぇぇぇぇ』と、苦しそうな嗚咽《おえつ》が聞こえるものですから……」

それを聞いてYが悲鳴を上げた。

「そ、それ、さっきから気になってたの！　あ、あたしの足もとから聞こえるのよぉ、それ!!」

運転手がいったん車を停《と》め、みんなで後部座席《ざせき》の足もとをのぞくが、別段《べつだん》変わったようすはない。

「み、みんな気にしすぎなんだよ。気にすんな気にすんな！　だいじょうぶだって」

Eの言葉で車はふたたび出発。その日は、それで終わった。


それからなにごともなく数日が過ぎたある日、Eから電話が入った。

すぐにでも会いたいとのことで、いまからうちにくるという。

しばらく待っていると、Eのものらしいオートバイのエンジン音が聞こえた。

顔面蒼白《そうはく》で我《わ》が家に飛びこんできたEは、ポケットからあの日の〝結果〟を取り出した。

「なっ、なっ、なにが録《と》れてたと思う!?」


そこには……。

悲しげにむせび泣く声と、なん人もの人が話していると思われる、外国語が録音されていたのである。
脳裏《のうり》からはなれない〝人柱〟という悲しいひびき。
心から冥福《めいふく》を祈《いの》りたい。

「びっくりしたんだけど」

車関係の友だち数名をさそって、ある有名リゾート地へ出かけたときのことだ。時期は仲秋《ちゅうしゅう》。山々は色づき、絶好の行楽シーズンである。

まだインターネットが普及《ふきゅう》していない時代で、旅の情報収集《しゅうしゅう》はガイドブックからがあたりまえ。とにかく、こちらの条件に合うホテルが予約できれば、部屋割《へやわ》りなどは現地でこなせばいいと思っていた。

とちゅうで観光名所などを数箇所《すうかしょ》見て歩き、ホテルに着いたときには、すでに夕方五時を回っていた。

周囲をうっそうとした木々に囲まれている山間のリゾートは、日暮《ひぐ》れが予想以上に早い。

駐車場《ちゅうしゃじょう》に車を停《と》め、フロントに行ってみると、わたしが予約していた部屋は、一棟《とう》貸しのペンションであることが判明。つまり、一組一軒《けん》のすてきなログハウスが与《あた》えられるのだ。

手続きをすませ、それぞれが割《わ》り当てられた棟《とう》へと荷物を運ぶ。

「いったん落ち着いたら、ロッジに集合しよう」

そう約束をして、わたしはいっしょにきた彼女《かのじょ》と、割《わ》り当てられたログハウスを目指す。わたしたちの棟《とう》はいちばんおくにあった。

かぎを開けて部屋に入ると、そこに充満《じゅうまん》する木のにおいが鼻をつく。

中を見わたすと、右おくにロフト風の中二階があり、そこにベッドが置かれている。わたしは、二泊《はく》ふたり分の荷物を、とりあえずそこへ運ぼうと、かなり急な階段《かいだん》を上っていった。

「なんだかつかれちゃったな。みんなで集まるまえに、シャワー、浴びてきていいかな?」

シャワールームとトイレは一階のおくにあり、彼女《かのじょ》は着がえを持つと階段《かいだん》を下りていった。

しばらくして、勢いのいい水音が聞こえ始める。

わたしはその間に、持ってきた着がえを整えておこうと、荷物をほどき出した。

……とそのときだった。

ギシッギシッギシッ……

かなりはっきりとした歩調で、だれかが、いま自分がいる中二階への階段《かいだん》を上ってくるのがわかった。

しかし、依然《いぜん》として階下からは、シャワーの音がひびいている。

（え？　だれかきたの……？）

わたしは単純《たんじゅん》にそう思い、いまいる場所から、ひょいと階段側《かいだんがわ》へ顔をのぞかせた。

そこにいたのは、まったく見覚えのない女性……。

さもあたりまえのような感じで、一歩一歩、階段《かいだん》を上ってくるのが見えた。

と、その女性がふいに顔を上げ、わたしと目が合った！

そのとたん……。

「ぎゃあああああああっ！！！」

突然《とつぜん》、彼女《かのじょ》はそうさけぶと、階段《かいだん》をふみはずして、そのままずるずると、なん段《だん》かすべり落ちて行ってしまった。

その姿《すがた》があまりに痛々《いたいた》しくて、わたしは思わず、声をかけた。

「おいおい、だいじょうぶ!?」

するとその彼女《かのじょ》は、ゆっくりと顔を上げて、いった。

「びっくりしたんだけど」

そして、その場からすーっと消えてしまった。

田《た》端《ばた》の家

極端《きょくたん》に変わってしまった場所。なにも変わらない場所……。

どっちがどうとはいえないけれど、いいも悪いもないけれど、ああ、時代っていうのは、確かに動いてるんだな……。そう思うことがある。


なん年かまえのこと、わたしは友人のNといっしょに、東京・北区へと足を運んだ。

北区はわたしが小学三年生のときに過ごした所で、いいも悪いもさまざまな思い出のある場所だった。

当時、わたしの家は、渋谷《しぶや》の小さなアパートから、ここへ引っこしてきた。

初めて体験するマンション暮《ぐ》らし。

そんなに豪勢《ごうせい》な建物ではなかったが、わたしにとっては初めて与《あた》えてもらった〝自分の部屋〟がうれしかった。

北区に入り、なにげなくハンドルを切っているうちに、なんともいえない、なつかしさのただよう場所に出た。

○○第一小学校。

門柱にかけられたかんばんは、おそらくわたしが通っていた当時のまま……。

車を降《お》り、しばらくそれを見て、かたまっていたわたしに、Nが声をかける。

「ここ、なにか思い出でもあるんですか?」

「あ、ああ、実はね……」

ここでしばらく暮《く》らしたことがあると伝えると、彼《かれ》は目をかがやかせてこういった。

「だったら、そのときに住んでいた家、行ってみましょうよ!」

彼《かれ》の提案にのり、せっかくなので行ってみることにした。

学校からは、目と鼻の先であったはずのマンション。

ゆっくりと車を進めると、やがて道は線路沿《ぞ》いにつき当たる。その右側にあるはずの七階建ての建物……あった！

一階の駐車場《ちゅうしゃじょう》、そして全体のおもむき……。当時のまま、なにも変わらないそこには、悪ガキ・中村がいた。

友人たちと、連日くり広げたライダーごっこ。額に汗《あせ》して熱中した、メンコにベーゴマ、三角ベース……。

そしてわたしは、ふいに、あの子のことを思い出した。

マーちゃん……。

「いいかい？　いっしょに遊ぶのはかまわないけど、絶対にあの子にけがをさせちゃいけないよ」

母はわたしに、そういっていた。

「どうしてマーちゃんは、けがをしちゃいけないの？」

「あの子は病気でね。ちょっとでもけがをすると、血が止まらなくなってしまうのよ」

マーちゃんは、我《わ》が家の一階上に住んでいた女の子。本来ならば、わたしの一年下、小学二年生だったと思うが、病気のために学校にはきていなかった。

我《わ》が家と同じく、マーちゃんの母親も、夜になると勤《つと》めに出ていたため、マーちゃんは夕方になるとうちにきて、よくいっしょに遊んでいた。

ところが、休みの日になると、昼間でもわたしについてくるようになり、かといって男の子たちと遊んで、けがなどさせるわけにもいかず……いつしかわたしは、マーちゃんをさけるようになっていった。


一年後。

親の都合で、わたしは急きょ、沖縄《おきなわ》へ転居することになった。

「いやだ！　行っちゃいやだ！　どうしてマーちゃんを置いて遠くへ行っちゃうの！」

泣きながら必死にすがってくる彼女《かのじょ》の姿《すがた》を、わたしは、いまでもはっきりと思い出すことができる。

彼女《かのじょ》の病気が小児《しょうに》白血病であったことを、わたしは中学生になって聞かされた。

そんなことを思い出しながらマンションを見上げていると、Nがそっと声をかけてきた。

「中に入ってみませんか」

「ええ？　いや、でもなぁ……」

「車はここに置けるし、せっかくですから、ちょっと入っちゃいましょうよ」

「そ、そうかぁ？　……よし、行ってみるか！」

ふたりで車を降《お》り、くつ音のひびくマンション内へと入っていく。


とりあえずわたしは、当時お世話になった大家さんを訪《たず》ねてみようと考えた。

エレベーターに乗りこみ、⑦のボタンをおす。

目的の階に到着《とうちゃく》し、ドアが開いた先に広がっていたのは、数十年まえに見慣れた荒川《あらかわ》をのぞむ風景。

若干《じゃっかん》ためらいながら、わたしが呼《よ》び鈴《りん》をおすと、思いのほか、すばやい反応が返ってきた。

「はい、どちらさまですか？」

「あ、あのう、わたしが以前こちらに住んでいた者でして」

「あらあら、そうですか」

「はい、そ、それで、今日は近くまできたものですから」

「はいはい、ちょっとお待ちくださいね」

聞き覚えのある女性の声。大家さんのおくさんにちがいなかった。

間もなく玄関先《げんかんさき》に現れた初老の女性を見て、わたしの記憶《きおく》は一気にあの時代へと巻《ま》きもどされる。

当初は、困惑《こんわく》気味であったおくさんだが、事情を伝えると、急に顔が明るくなるのが見て取れた。

「ああ、思い出した思い出した！　あなたお母さまとふたりで住まわれてて、沖縄《おきなわ》かどこかへ引っこされた人よね？」

おくさんの記憶《きおく》のよさにおどろいた。

「そうなのそうなの……なん年ぶりかしらね？　うちの人は死んじゃったんだけどさ」

（死んじゃったのか……）

わたしは少し残念に思ったが、そこからは「あのあと、どうされてたの？」とか「お母さまお元気？」とかいう、なつかしさを引き連れた、あたりさわりのない話が続いた。

「ありがとうございました。それじゃあ……」

そうわたしがいいかけ、話を切り上げると、思いもよらぬ提案がおくさんの口をついて出た。

「せっかくだから、あのころ住まわれてたお部屋、見ていったら？」

「え！　い、いいんですか？」

当然、その部屋には現在、住んでいる人がいるはずで、まさかそんなことがかなうとは、思ってもみなかった。

「かまいませんよ。……というより、これは本当になにかの縁《えん》を感じるわね」

「……とおっしゃいますと？」

「実はね。おかげさまでうちのマンションは、いつも満室なのよね。でも先週、長く住まわれてた、あのお部屋の人が出ちゃってね。どうせだから、室内を全部リフォームしてしまおうと思って、明日から業者さんが入ることになってるのよ」

「リフォーム……ですか」

「そうよぉ。そうなれば中の造りが完全に変わっちゃうから、それから見たってなつかしいもへったくれもないでしょ？　第一、もう次に入る人が決まってるから、見ることすらできないしね」

そういって、おくさんは部屋のかぎをわたしてくれた。

この異様《いよう》なタイミング……。わたしはなにかの〝縁《えん》〟というか力を、感じずにはいられなかった。

部屋の中はわたしの中にある記憶《きおく》の通りだったが、見る側の大きさがちがうからか、こんなにもせまかったのかとおどろく。

そして一本の柱に、小学三年生の自分を発見した。

「ばいばい　たばた」

沖縄《おきなわ》へ旅立つ前日、もう出なくなったボールペンの先をおし付けて、ほりこんだ〝さようなら〟……。

「ありがとうございました」

わたしはふたたび大家のおくさんの部屋へ、かぎを返しに行った。

「また寄ってちょうだいね。今日はとってもうれしかったわ」

「あの、おくさん、最後にもうひとつだけ、教えていただけますか？」

「なにかしら？」

「当時上の階に、マーちゃんって女の子が、住んでいたはずなんですが」

「マーちゃん……」

「ええ、なんでも小児白血病《しょうにはっけつびょう》……」

「ああ、思い出した！」

「思い出しましたか。彼女《かのじょ》はあれからどうして……」

「亡《な》くなったわよ」

「えっ！」

「あなたたちが引っこして行って、ちょうど一年後くらいだったかしらね。夜中に救急車で運ばれて……そのままね」

あの子は……マーちゃんは死んでいた。田端《たばた》最後の日の思い出が、わたしの脳裏《のうり》にうかぶ。

「おにいちゃーん！　待ってーっ！　おにいちゃーん………」

親からかたく禁じられていた自転車に乗り、走り去るタクシーを、どこまでも追ってきたマーちゃん。

小学三年生の思い出との交錯《こうさく》……。

これを単なる〝偶然《ぐうぜん》〟と片付《かたづ》けるのは簡単《かんたん》だが、そこには、やはりなんらかの〝人の心〟が介在《かいざい》していたと、思わざるをえないできごとだった。

こっくりさん

小学校時代に、なんどか転校をくり返したわたしだったが、その最後の引っこし先となった北の町での話だ。

当時は、まるでせきを切ったような心霊《しんれい》ブームだった。

毎週のようにテレビは心霊系《しんれいけい》の番組を放送し、ラジオの深夜番組を聞けばリスナーの心霊《しんれい》体験談が流れてくる。

少年誌《しょうねんし》や少女誌《しょうじょし》も、これでもかと怪奇物《かいきもの》を掲載《けいさい》した。

そこによく紹介《しょうかい》されたのが〝こっくりさん〟だった。

一種の降霊術的《こうれいじゅつてき》なもので、雑誌《ざっし》などに、そのやり方がこと細かにのっており、当時の子どもたちの中には、それを試《ため》してみようという者も少なくなかった。

降霊術《こうれいじゅつ》というのは、占いや予言、過去にあったことなどを聞くために、霊《れい》などを呼びよせることだ。


わたしと同じ学年に、村松という男子がいた。

別段《べつだん》わたしは仲がよかったわけではないが、いつのころからか、その名前をたびたび耳にするようになっていた。

「今日の放課後、村松が、またこっくりさんやるってよ！」

「昨日の村松のあれ、すごかったよなぁ。あんなになんでもあたるもんなんだな」

「村松に『こっくりさんが、通学中に事故にあうから気をつけろといってる』といわれた○○子、本当にそのあと車にはねられたらしい……」

子どもたちにとって、村松の言葉は、まさに〝神聖《しんせい》なるご神託《しんたく》〟そのものであった。

そんなある日、村松が学校にこなくなった。

彼《かれ》と同じクラスの子に聞いてみると、なんでも体をこわしているという。聞いたときは、夏かぜでもひいたかと、別段《べつだん》わたしは気にせずにいた。

ところが、その数日後、町はずれの古い墓地にある無縁堂《むえんどう》の中に、はだかで立っている村松を発見した。

「昔からおれはここに住んでいる」

おどろいて声をかけたわたしに、村松は真顔でいい放った。

そのときの彼《かれ》の表情を、わたしはいまだに思い起こすことができる。

尋常《じんじょう》ではないまなざし、ろれつの回らない口調……その異様《いよう》な姿《すがた》は、異常《いじょう》におそろしかった。


その後、村松の家は破綻《はたん》した。

両親は離婚《りこん》し、その上、父母はどちらも村松の養育を拒否《きょひ》し、彼《かれ》は施設《しせつ》に入ったと聞いた。

それからどうなったのかは、ようとして知れない。


〝こっくりさん〟……。子どもでもかんたんにできるため、興味がある人も多いだろう。現在では、なんとスマートフォンのアプリまで存在《そんざい》する。

しかし絶対にやってはいけない。
〝ご神託《しんたく》〟などではない。これは低級霊《ていきゅうれい》との交信なのだ。

花の精

この話を書くには、そこそこの勇気がいる。

いや、わたしにとっては〝超絶的《ちょうぜつてき》な勇気〟といえるかもしれない。

初めてそれを見たのは、小学五年生のときだった。

わたしの母方の祖母は実にまめな人で、それなりの広さを持った庭いっぱいに、四季折々の花を植え、毎日せっせとその世話をしていた。

時期は夏の盛《さか》り。

セミたちが大音響《だいおんきょう》で組曲を奏《かな》でる中、焼け付くような太陽の日差しが、花々の色合いを一層《いっそう》引き立てている。

わたしはその中でも、ある花が大好きだった。

それはダリア。

そのみごとなまでの大らかさと、この世のものとは思えぬつややかな色合い。心優《やさ》しき少年であったわたしは、毎日、その大輪の花を見るのが日課となっていた。


そんなある日のこと。

いつものように庭に出て、わたしは大輪のダリアに歩み寄った。

(なにかいる……!?)

花の上にすうっと、それはまるで、花の中からぬけ出るかのように現れた。かげろうのように、ゆらゆらとゆれ動いている。

「けっ、けっ、けむしっ!!」

一瞬《いっしゅん》、わたしはそう思ったが、そうではない。

大きさは十センチほどだろうか……。

それは、あきらかに人間の形をしている。そして全身がきらきらとかがやき、変な表現かもしれないが、アルミ箔《はく》をくしゃくしゃにしてから広げ、それに太陽光が乱反射《らんはんしゃ》しているような、そんな感じだ。

おどろくわたしをしり目に、その小さいのは、ぽんと花をけったかと思うと、そのままうっと空中に飛び上がり、空気にとけこむように消えてしまった。

「おばっ、おばっ、ばっばばあ、いまっいまっ！　いま、うううえにっ!!　なっ、なっ、なっ、ちっちっちっちっち！」

そのまま家へ取って返し、わたしは祖母に報告したが、まるで言葉にならない。

落ち着いてから、見たことを家族に話してはみたものの、当然信じてはもらえず、結局そのまま小さな胸《むね》のおくそこにしまうことになった。

ところが、それから二十数年後。

そう、忘《わす》れもしないあれは六月初旬《しょじゅん》のことだ。

その日はわたしの新事業のスタートを祝って、実家でささやかな食事会をもよおしてくれていた。

さまざまな料理が並《なら》ぶ中に、わたしの大好物である刺身《さしみ》の舟盛《ふなも》りがあった。

（いやー、こりゃ、うまそうだね……）

そう思い、なにが入っているのかと、品定めを始めたときだった。

そんな舟盛《ふなも》りには、よく所々に菊《きく》の花がそえられている。

実はわたしは、あれを見るとなんだか、いつもいたたまれない気持ちになる。首をもがれ、生ぐさい中に置き去りにされた花……。本当はいたくもない世界だろうに、なんのいわれでこんな所に……なんて考えてしまうのだ。

それでせめてもの救いになればと、いつも水を張ったグラスに、ぽんとうかべてやることにしている。するとなんとなく、その花が、かがやいて見えるものなのだ。

確かにそれは、いっときの自己《じこ》満足に過ぎないかもしれない。でもわたしはそうしたいのだから、しかたない。

そのときも、いつものように、そこにあったシャンパングラスに水を張り、首をもがれた菊《きく》を三つほどうかべてやった。

それから一時間ほどたったころだった。

カウンターテーブルにひじをついて、なにげなく、わたしは先ほどのシャンパングラスに目を向けた。

（んっ……？）

一瞬《いっしゅん》ではあったが、なにかが、またたいたように見えた。まるで、そこに小さなストロボがあるような、そんな感じ……。

直後に車の運転をひかえていたわたしは、アルコールは一滴《いってき》も口にしていない。気にしないようにしていると、視界《しかい》のすみの方でまた光る。

少し気味が悪くなったわたしは、視線《しせん》をそらしつつも、グラスを自分の視界《しかい》に入るぎりぎりの所にとらえてみた。するとこんどは、なにかがグラスの上で、くるくると回っているのが見える。

わたしはそのまま、ゆっくりと視線《しせん》を合わせた。

グラスにうかぶ菊《きく》の花の上、二センチほどの空中に、かなりくっきりとした姿《すがた》でそれは飛んでいた。

トンボの羽をもう少し大きくし、上に向いた羽先をとがらせたような形。体はうす緑色にきらきらと光り、顔はかなりほりの深い、くっきりとしたおもむき……。

それと目が合った瞬間《しゅんかん》、わたしは強烈《きょうれつ》なめまいを感じた。そして、小学五年生の、あのときのことをはっきりと思い出してよろめいた。

次に見たときにはもうそれは消えていたが、水にうかんだ花は一か月近くもかれることはなかった。

うそのようだが本当の話だ。

笑う男

いまから十年ほどまえのこと。

ある友人のつてで、山間にある小さな町で、クローズの怪談《かいだん》ライブを開催《かいさい》することになった。

クローズのライブは、ライブ情報を一般《いっぱん》に公開せず、主催者《しゅさいしゃ》が友人知人をつのって行う、いわば〝仲間うちの怪談会《かいだんかい》〟のようなものだ。


そこはこれといった名所もなく、閉鎖的《へいさてき》で閑散《かんさん》としていたが、わたしがその町に着くなり、そこの名士と呼《よ》ばれる男性が、さまざまな場所へと案内してくれた。

行く先々には、その町の歴史をものがたるモニュメントが置かれているのだが、それに関わる歴史上の人物さえ、わたしには聞き覚えのないものばかりだった。

そうこうするうちにも、時計の針《はり》は十二時をさし、昼ごはんを食べましょうということになった。

「名物料理を出す店がありますから……」

そういわれておさそいを受けるが、その食べものひとつとってみても、よくある仕出し弁当のようで、これといって特色のないものばかりであった。

（町がおとろえる理由、それがここにある！　ということに、だれも気づかんのだな……）

口には出せないが、正直そんなことを、ついつい考えてしまう。

ライブ自体は翌日《よくじつ》だったが、いまだ会場を見に行く気配がない。

業《ごう》をにやして、わたしはそれを伝え、直後に会場を見に行くことになった。

会場となるのは、町のはずれにある一軒《けん》の小劇場《しょうげきじょう》。

外には昔の名画のポスターが残り、まるでそっくり時代に取り残された、精密《せいみつ》な模型《もけい》のように見える。

「お話ししたと思いますが、ここはいまは使われとらんのです。ときおり、町の有志が集まり、

『銀幕《ぎんまく》の会』というのを開いて、なつかしい映画《えいが》を観《み》とります」

〝名士〟が説明する。

館内に足をふみ入れる。いたる所にほこりや紙くずがたまり、いつのものかもわからないような、映画《えいが》のパンフレットが積まれている。

映画館《えいがかん》特有のぶあついとびらを開くと、そこにひな段になった観客席。わたしは、その数を目算してみた。どう見ても三百はある。

今回の集客は八十名程度と聞いていたわたしは、主催者《しゅさいしゃ》の男性に問いかけた。

「ここ、ちょっと大きすぎやしませんかね？　ここに八十名だと、かなりがらがらに見えますが……」

すると男性は、あわてたようにいった。

「あ、いえいえちがうんです！　実はですね……」

ここの二階に〝試写室〟なるものがあり、そちらの席数がちょうどいいのだと、男性は説明した。

右側のとびらから出ておくへ進むと、「これより先立ち入り禁止」の立て札があった。さらに先へ進む。右手のくぼんだ所に、せまく急な階段《かいだん》が現れた。どうやらその上が、試写室らしかった。

「こんないなか町にあって、これほどの設備を持つ劇場《げきじょう》は、古今東西探《さが》しても見つからないと思います。ほら、スピーカーを見てください。すごいでしょう。本当に金がかかってますよ、ここは……。

とはいえ、いまはご覧《らん》の通りですがね」

名士が自慢気《じまんげ》に話す。まったくその通りだと思った。

試写室へ上がってみると、そこにはれっきとした舞台《ぶたい》にスクリーン、そのまえにはゆるくアーチを描《えが》いた座席群《ざせきぐん》が設置されている。

「これでジャスト百席なんです。予定しているより来場者が増えたとしても、ちょうどいいくらいかと……」

主催者《しゅさいしゃ》の説明に納得《なっとく》して、照明や音響《おんきょう》のチェックをすませると、わたしはその日の宿となる旅館へ向かった。

「こ、これは……ずいぶん年季の入った建物ですね」

これでもずいぶん気をつかったコメントのつもりだった。

旅館の建物全体が、異様《いよう》なほどどすすけている。いまにも、チューリップハットをかぶった探《たん》偵《てい》が出てきそうな雰囲気《ふんいき》だ。

「いいでしょうこの感じ！　もっと新しいホテルもあるんですが、あえてここにしました」

名士の言葉に、わたしは思いっきり（なぁぁぁんでだよ！）とつっこみたかったが、またおかしな歴史なんかをくり出されても困《こま》るので、あえてここはだまっていた。

「では明日九時に、おむかえに上がります」

わたしが旅館の玄関《げんかん》まえで車を降《お》りると、主催者《しゅさいしゃ》はそういって走り去って行った。

荷物をかかえ、大きなガラス戸を開ける。するとすぐに仲居が飛んできた。

「どうも～おつかれさまでございましたぁ。お部屋はお二階にございますぅ」

なんとも間延《まの》びした話し方をする、中年の女性だった。

中を見わたすと、黒板張りの廊下《ろうか》に行灯《あんどん》が置かれ、確かにいい雰囲気《ふんいき》。

廊下《ろうか》左手にある幅《はば》の広い階段下《かいだんした》にはたんすが設けられ、板がギシギシといい鳴り方をする。

「こちらでございますぅ」

そういって通されたのは、四畳半《よじょうはん》ほどの小ぢんまりとした和室。入り口上部には〝檜《ひのき》の間〟とあり、部屋の中にはすでに布団《ふとん》がのべてあった。

部屋の中の照明は、天井《てんじょう》から下がった、はだか電球のみ。それもかべにスイッチがなく、いちいち電球ソケットにあるものをひねらねばならない。

部屋のすみには床《とこ》の間がつき出しており、どう見ても、このせまい空間には不要と思われた。床《とこ》の間に、一幅《いっぷく》のかけ軸《じく》が下がっている。しかもそこには、観山の落款《らっかん》。下村観山は明治から昭和にかけての有名な日本画家だ。

「すごい観山もあったもんだな……」

わたしは思わずにやけながら、ひとりごちた。

かかえていた荷物を投げ出すと、どっとつかれが噴出《ふんしゅつ》。

晩飯《ばんめし》までの少しの間、惰眠《だみん》をむさぼろうと、ごろりとねころがった。

「あぁぁはぁはぁはぁ……あはぁはぁはぁはぁ」

やにわに耳に届《とど》いた珍妙《ちんみょう》な笑い声で、わたしは目が覚めた。別段《べつだん》夢を見ていたわけではないと思う。

「えへぇぇ……あはぁはぁはぁはぁ」

（まだ笑っていやがる！）

廊下《ろうか》から聞こえると思ったその声の主に、ひとことといってやろうと、入り口へ向けてはっていこうとして、わたしはこおりついた。

声は……部屋の中からする。しかも、わたしの背後《はいご》から……。

わたしの真うしろにあるのは、床《とこ》の間だった。

いままさに消え入りそうになっている笑い声……それはまぎれもなく、このせまい部屋に設置された、あの床《とこ》の間の中から聞こえている。

（いや待て。もしかすると、となりの部屋の声が、あの場所からひびいているだけかもしれん……）

むりにそう断定し、わたしは寄せてあるちゃぶ台について、タバコに火をつけた。

そうこうするうちに、仲居が夕飯のしたくが整ったと知らせにきて、階下にある大広間へと通された。

見わたすと、その日の泊《と》まり客は二十人程度。

その中に、先ほどの声の主と思われる男性の姿《すがた》を追ってみるが、そのような人物は見当たらない。

釈然《しゃくぜん》としないまま、箸《はし》も進まず、結局、ビールを一本飲み干《ほ》しただけで、わたしは部屋へもどった。


それから旅の汗《あせ》を流そうと浴場へ行き、大きな湯船につかって目を閉《と》じる。

と、そのときだった！

「うえぇぇへぇぇぇぇ……あぁはぁはぁはぁはぁ」

あの声だ！

あの声が脱衣所《だついじょ》から聞こえた。そこに目をやると、すりガラスごしに動く人影《ひとかげ》がある。

わたしはおかしな緊張《きんちょう》に包まれ、いまから入ってくるであろう人影《ひとかげ》を、じっと待っていた。

ところが、ガラスごしに見たはずの人物は、浴場へ入ってくることはなく、そのまま気配を消し去ってしまった。

わたしはそそくさと湯から上がると、タオルを持って、おそるおそる脱衣所《だついじょ》へと続くガラス戸を開けた。

廊下《ろうか》から脱衣所《だついじょ》への入り口となるとびらは、異様《いよう》なほどきしみ、開け閉《し》めするときに、大きな音をたてていた。その音をさせずに立ち去ることは不可能に近い。ということは、その男は、まだ脱衣所《だついじょ》にいるはずだった。

ところが、脱衣所《だついじょ》には猫《ねこ》の子一匹《いっぴき》見当たらなかった。


こうなると気味が悪い。どうにもたまらない。

わたしは下着のまえうしろさえ確認《かくにん》しないままはくと、ゆかたを引っかけ、なにかにはじかれたように廊下《ろうか》へ飛び出した。

あわてて転びそうになる。はっとして目を上げると、若《わか》い女性ふたりが、おしゃべりをしながら近づいてくるのが見えた。

そのごくあたりまえな現実を見た瞬間《しゅんかん》、自分の狼狽《ろうばい》ぶりが、とっぴょうしもないものに感じられる。わたしは、あくまで平静を保ち、女性たちに軽く会釈《えしゃく》してすれちがった。

（さっき急いであおったビールが効いてるのだ。うん。そうにちがいない。こうなったら、とっととねちまおう……）

そう思いながら部屋へもどり、明日の用意を整えて、わたしは布団《ふとん》にもぐりこんだ。


どれだけ時間がたったころだろうか。

気づくとわたしは、一本のつり橋の中ほどにたたずんでいた。日は西にかたむきかけている。

眼下にはやせた川の流れがあるが、さほど高さは感じられなかった。

橋の幅《はば》は、車が一台余裕《よゆう》で通れるほどで、目立った古さはない。

ぴんと張ったワイヤー部分にうでを、その上にあごをのせて遠くを見ていると、左側から、ゴツッゴツッゴツッ……と人の歩く音が聞こえてくる。

見ると、ひとりの男性のうしろ姿《すがた》があった。

やにわに男性はふり返り、にっこり笑って手をふっている。

「こっちこっち！　中村さん、ほらすぐそこ、すぐそこ！」

それを聞いたわたしは（そうだ。確かにすぐそこだ）と確信する。

だが、それがなにを意味するものか、なにが〝すぐそこ〟であるかが判明しない。しかしそのなにかが〝そっち〟にあり、ここから見て〝すぐそこ〟にあることを、わたしは知っている。


男性にうながされるまま、あとに続くと、やがて橋をわたり切り、左右をうっそうとしげる雑木林に囲まれた、舗装《ほそう》されていない道路に出た。

「ふんふふ～ん♩」

まえを歩く男は至極《しごく》ごきげんで、手に持った木の枝を左右にふりながら、鼻歌を歌っている。

それが、スメタナの代表曲「モルダウ」であることに気づくまで、そう時間はかからなかった。


道を進むにつれて森は深くなり、周囲が紫《むらさき》に近い闇《やみ》に支配されていく。

男の鼻歌が止まった。

そう思ったとたん、くるりとこちらを向き返り、左手を水平にまえに出して、木々の中を指さしている。

「なぁかぁむらさ〜ん、ほぉらぁ、ここですよぉ」

そういわれたとたん、自分の中にも（そう！　確かにここだ！）という確信がわき上がった。

男性はためらうことなくその中へ身をおどらせ、生《お》いしげる木々をぬっておくへと入って行く。わたしもそれに続いて、足をふみ入れようとした瞬間《しゅんかん》!!

「行っちゃだめだっ!!」

耳をつんざくような大きな声が聞こえて、わたしは思わずたじろぎ、その場に留《とど》まって男性の行方《ゆくえ》を目で追った。

男性はなにかを探《さが》しているかのように、木々の間を右に左に動き回っていたが、ある所ではたと立ち止まり、いまはその場にしゃがみこむようなかっこうで、背中《せなか》を丸めて動かない。

やがてその場でぬっと立ち上がり、ゆっくりとこちらに向き直った。

男性の両手には、大事そうに、なにかがかかえられているようだが、木の間から差しこむ、いくえもの細い夕日が逆光となり、その実態が判明しない。

ときおり所々がきらりと黄色く光るのだが、その光源《こうげん》がなんなのかもわからなかった。

落ち葉と小枝をふみしだきながら、男性はゆっくりとした歩調で、わたしに近づいてきた。

「ほぉらぁ、なぁかぁむらさぁん、ほぉらこれこれぇ……うぅふっ……えぇへぇっ、えぇあぁあぁはぁはぁはぁはぁはぁはぁ」

「そ、その声っ！　うわあああああっ!!」

まるで自分の声に、けりを入れられたように、わたしはそこで飛び起きた。

夜はとうに明けており、日に焼けたカーテンのすき間から、それに似つかわしくない陽光が差しこんでいる。

あわてて時計を見る。八時五十分！　むかえがくるまで、わずか十分しかない。

わたしはあわてて顔を洗《あら》い、身じたくを整えると、荷物を持って階下へと降《お》りた。

それから、前日と変わらない行程をたどり、わたしは夕方早めに会場入りした。

当日はありがたいことに満員御礼《おんれい》で、うしろには立ち見の方もちらほら見える。百席の会場に百二十名をこえる来場があったと聞いた。

この日の怪談《かいだん》ライブは三部構成で、一時間ごとに十分の休憩《きゅうけい》をはさむ。

一部を無事こなし、二部に突入《とつにゅう》して、しばらくしたときだった。

「ウヘヘヘヘヘヘヘヘ」

会場から突然《とつぜん》、まるで人をあざけるような笑い声が上がった。

しかしそこは、わたしもプロのはしくれ。それをうまくやり過ごし、二回目の休憩《きゅうけい》に入った。

ひかえ室で水を飲んでいると、主催者《しゅさいしゃ》の男性がかけこんできた。

「な、中村さん、あの……だいじょうぶですか？」

顔を紅潮《こうちょう》させながら、開口いちばんにいった。

「んっ？　なにも問題ありませんが……。なんかあったんですか？」

逆にわたしは質問した。

「あ、いやいや、なんでもなければいいんです！　それでは最終ステージがんばってください」

男性は大きく手をふって、まるでにげるように出て行ってしまった。

第三部も、頭は通常のこわい話、中ほどから終盤《しゅうばん》にかけて、ほっとするような話、最後には感動する命の話へとつなぐ予定だった。いつものわたしのスタイルだ。

しかし、この日の最終舞台《ぶたい》は、はなからようすがちがっていた。

休憩《きゅうけい》が明け、わたしが舞台《ぶたい》にもどってからも、会場内がみょうにざわついている。

（さすがに怪談《かいだん》ライブ初体験の人たちに、三時間は長かったか……）

わたしはそう思って、手をたたいて注目をうながした。

（ここからはだらだらやらず、きっちり、〝しめ〟につないだ方がいいな）

そう考えて話を進める。そして事件は、その肝心要《かんじんかなめ》の最終話のとちゅうに起こった。


話が佳境《かきょう》に入り、会場からは鼻をすする音、すすり泣く声が聞こえてきた。

（このまま、しめに流れこむ……）

あたりまえにそう思った、まさにそのとき！

「あああぁぁはははははははぁ……あはぁはぁ」

あの笑い声だ。

それまではなんとか平静を保ち、マイペースで舞台《ぶたい》を進めていたわたしだったが、このときばかりは、語りを止《や》めてしまった。

舞台《ぶたい》にいるわたしからは、強烈《きょうれつ》なスポットライトによって、客席はほとんど見えない。

わたしはもっとも客席に近い舞台《ぶたい》の先端《せんたん》へ歩み寄り、手でライトをさえぎるようにして、客席に向かって語りかけた。

「あの……なにかおもしろかったですかね?」

しかし、それに応《こた》える人物はだれもいない。わたしはもう一度たずねてみた。

「なにか……おもしろい箇所《かしょ》がありましたか?」

すると、客席中央付近にすわっていた、ひとりの女性が立ち上がった。

「あ、あの……ちょっといいですか?」

おどおどとした感じで、声までがふるえている。

わたしは、いったんスポットライトを落としてもらうようたのんだ。

彼女《かのじょ》がすわっているあたりを見る。

彼女《かのじょ》のとなりの席が、ひとつだけ空いていた。

「あの……わ、笑い声……ずっと聞こえてたんです」

「ずっと……ですか? それはどのあたりから?」

すると彼女《かのじょ》はなにもいわず、となりの空席をじっと見つめて固まった。

「おとなり、空いてますね？　そこの席がなにか……」

彼女《かのじょ》は、わたしの言葉にかぶせるようにして声を張った。

「ここにっ！　さ、さっきまで男の人がいたんですっ！」

これを機に、一気に場内がざわつき始めた。すると、空席の反対どなりにすわる初老の男性が話し出した。

「確かに、ここにだれかいたと思います。よしんば、とちゅうで席を立ったにしても、この場所から出て行くには、左右どちらかの席のまえを、苦労してぬけて行かなきゃならん。だれかそうして出て行った人を見かけたかね？」

それにはだれひとり、首を縦《たて》にふる者はいなかった。

なおも女性が続ける。

「そ、それでですね。その人がすわってた座面《ざめん》が、ずっと下がったままなんですが……」

この会場の座席《ざせき》は、人がいないときには、座面《ざめん》がカシャリと上を向くしくみになっていた。体重をかけないと、座面《ざめん》は上がったままのはずだった。にもかかわらず、その空席は、まるでそこに人がいるかのように、座面《ざめん》が下りたままになっている。

「こ、この下に……なにかあるんです」

さらに女性がいった。

「え？　いったいなにが……」

「いやです!!　見たくない！　でもさっき、ちらっとのぞいたとき、確かにこの下に……なにかがあるのが見えて……」

女性がそういうと、先ほど発言した初老の男性が、ためらうことなく座席《ざせき》の下へ手をつっこんだ。

そして、次の瞬間《しゅんかん》!!

「うわああああああああああああっ!!」

というさけび声とともに、男性は手にしたなにかを放り投げた。

その〝なにか〟はうしろの席へと飛んで行き、そこでもまた新たな悲鳴が上がる。

会場内に文字通り、悲鳴が飛び交《か》った。

「ちょっとちょっと!!　いま投げたのなんですか!?」

わたしがそうさけぶと、それを受け取ったいちばんうしろの人が、おそるおそる舞台《ぶたい》へ向かってきた。

「なっ!!」

それはなんと、所々を金でかざられた、うるしぬりの位牌《いはい》だった。

だれのものかも、どこからきたのかもわからぬ位牌《いはい》が、上がることのない座席《ざせき》の下から出てきたのだ。

「ぎゃーっ!!」

「うわああっ!!」

ふたたび会場内に悲鳴が上がる。

こんどはなにがあったかと目をやると、わたしがその位牌《いはい》を手にしたとたん、下がっていたままの席の座面《ざめん》が、カシャリと上がったというのだ。


わたしはにわかに思い出した。

昨晩《さくばん》の夢で、雑木林から出てきた男性が、大事そうに持っていたもの。

ときおりきらりと光っていたあれ……。

あれこそが、この位牌《いはい》そのものではなかったのかと……。

あっ！

数年まえ、あるテレビ番組の野外収録地《しゅうろくち》のロケハンに、北関東のある山中へと出向いた。ロケハンはロケーションハントのこと。撮影《さつえい》に最適な場所を探《さが》して回ることだ。

時刻《じこく》はすでに夜十時を回っている。

とちゅうからの合流組、電車でかけつけた組を合わせ、総勢八名。

全員で数箇所《すうかしょ》歩いて回るが、行く先々でいろんなものが見えたり聞こえたり……やはりこんな時間に、こんな場所をうろつくものではないと痛感《つうかん》する。

決して危険《きけん》な場所を選んで歩いているつもりはないのだが、我々《われわれ》の〝趣旨《しゅし》〟を見こしているかのように、実にさまざまな場所から、いろいろなものが顔をのぞかせる。

最初に向かった砂防《さぼう》ダムでは、人がふみ入る余地のない山中から歌声が聞こえ、次に訪《おとず》れた廃校《はいこう》では、いまは使われていない真っ暗な体育館の中から、点々とボールをつく音が……。

そんな経験をしながら、「そろそろ帰ろうか」となったときには、午前二時をとうに過ぎていた。

二台の車に分乗して、最後のロケハン地のダムに向かうと、ひどい濃霧《のうむ》に包まれて、やむなくきたのとは別の道を選択《せんたく》することにした。しかし、これが大はずれだった。

〈落石注意!〉のかんばんがいたる所にあり、車一台ぎりぎり通れるような山道を、注意深く走ること小一時間。

やっと町の灯《あか》りが見え始めたときには、運転するわたしのねむさも、ピークをむかえていた。

コンビニに寄って、コーヒーを飲みながら小休止を取り、もう一台の車と待ち合わせをした駅近くのファミレスへ向かう。ここで始発電車が動き出すまで、しばらくみんなで歓談《かんだん》して過ごす。

時計の針《はり》が朝五時を回り、そろそろ駅に向かおうと全員で席を立ち、ふたたび車に乗って駅へ向かった。

駅まえで同行してくれたスタッフたちと別れ、わたしは自宅《じたく》へもどるため、そのまま車で、駅まえのロータリーを周回して帰路についた。

ものの五分も走ったころだろうか。

突然《とつぜん》、後部座席《ざせき》から「あっ！」という女性の声が聞こえた。

それはまさに、なにか大変なことを思い出したという感じの声で、思わずわたしは、ブレーキをふんでしまったほどだ。

もちろん車内にはだれひとり残ってはおらず、ふり返っても、声の主がそこにいるはずもなかった。

なんだよ、「あっ！」って……。

カチ、カチ、カチ

以前泊《と》まったあるホテルの部屋で、ちょっと気になることがあったので書いておこうと思う。

そのまえにくぎをさしておくが、その部屋自体に、なんらかの霊的《れいてき》な問題要素があったわけではないと思うので、そのへんを考慮《こうりょ》に入れて、読み進めていただきたい。


その日は、朝方に怪談《かいだん》ライブが終了《しゅうりょう》し、わたしはホテルへもどると、シャワーも浴びずに、そのままどっとベッドにたおれこんだ。

どのくらい時間がたっただろう。

ふと、左うでに異様《いよう》な感覚を覚えて、わたしは目が覚めた。

着けたままにしていたわたしのうで時計を……なに者かが、カチ、カチ、カチとつっついている。

このとき泊《と》まった部屋はツインで、わたしがいまねているのは窓側《まどがわ》のベッド。わたしの左側には、となりのベッドとの間にすき間が存在《そんざい》する。

金しばりにおちいっているわけではなかったので、わたしは左にむき返った。

そこに、ぼさぼさに逆立った髪《かみ》の毛をした、そして、異様《いよう》に縮《ちぢ》まった漆黒《しっこく》の人影《ひとかげ》がうずくまっているのが見える。

それが細い手をのばして、わたしのうでで時計を爪《つめ》でカチカチとやっているのだ。

「うわっと！」

思わずわたしは、自らの手をふりはらった。その瞬間《しゅんかん》！


ずぅおおおおおおおおっ！

その人影《ひとかげ》は、突然《とつぜん》ひからびた声を上げ、ぬっとその場に立ち上がると、その勢いを借りて、そのまま天井《てんじょう》へとぬけていった。

そのとたん聞こえる、上階からの悲鳴。そしてなにかを落としたかのような音。
どうやら上の部屋の客も、〝見える〟人だったらしい。

ヒールの音

ある年の暮《く》れ、都内にあるレンタルスタジオで、わたしが製作にかかわる映画《えいが》出演者のオーディションがあり、わたしは審査員《しんさいん》を務めることになった。

オーディションは、いろいろな人生、いろいろな人間模様《もよう》が錯綜《さくそう》する場。その日も、実にさまざまな〝気〟に満ちていた。


夕方、少々時間が空き、スタッフから「中村さん、怪談《かいだん》聞かせて！」の声が上がる。

スタジオ内の照明をほんのりと落とし、雰囲気《ふんいき》もかなりいい感じに仕上がっている。

（おお！　ここライブで使えるじゃん！）

などと現実的なことを考えながら、時間があまりないこともあり、以前ある番組でやったホテルの話を、いつもよりじっくりと時間をかけて語って聞かせた。

話は終盤《しゅうばん》に入り、いよいよ佳境《かきょう》にさしかかったときだった。

コツッコツッコツッコツッ……コツッコツッコツッコツッコツッコツッ……


天井《てんじょう》から聞こえる、あからさま過ぎるヒールの音。

その音は建物の入り口側付近からスタートして、会場の手まえに設置されたひかえ室側へと進み、また入り口付近にもどる。なんどもなんども同じ行程をくり返している。

その音はその場にいた全員が確認《かくにん》した。

そしてだれもが、なぜこれほどまでに音がひびくのか、不思議に思っていた。

「もしかしたら、受験者が早めに着いちゃって、まちがって上の階に行っちゃったのかもしれないな」

そういって、責任者のS氏が上階に向かうが、すぐにもどってきた彼《かれ》は、青ざめた顔でこういった。

「だれもいないぞ。……というより、おかしなことに気づいたんだ……」

そういわれて、みんなで玄関側《げんかんがわ》の廊下《ろうか》へ出てみる。

「ほら。ちょっとこれ見て」

S氏が指さす所を見ると一枚《まい》のドアがあり、試《ため》しに開け閉《し》めしてみると〝バタンバタン〟と、かなり大きな音がする。

「このドアを開ける音がしなかったし、あの足音が、このあたりで立ち止まった気配もなかったよね?」

そうなのだ。まるでさっきの足音は、このドアをすりぬけたかのように二階に上がり、そのあとふたたび、玄関《げんかん》近くのドアへもどる足音も、聞こえてこなかった。

いったい足音の主は、どこへ行ってしまったのか、だれもが不思議に感じていた。

「ちょっと、ここの管理者に聞いてみよう」

そういってS氏は、スタジオの管理事務室に向かった。そこでこんな話を聞いたという。

「実は……以前から、確かにヒールの音にはなやまされているんです。ある番組などは、収録《しゅうろく》中《ちゅう》にその音が頻発《ひんぱつ》し、なんどもNGが出たほどでして……」

建物の造りは、近代的な鉄筋《てっきん》コンクリート製。しかもそこは防音設備を完備したスタジオである。

それほどまでにひびきわたるヒールの音……それはいったい、なにを示すものだったのだろうか。

レコード

わたしがまだ、小学校低学年だったころ。

近所に住む、大学生のお兄さんの所へ、よく遊びに行っていた。名前を同じく中村さんといった。

お兄さんの家は、大きく庭が張り出した、洋風のあつらえが随所《ずいしょ》に見られる豪邸《ごうてい》。

当時流行していた家具調のステレオセットがあり、小学生のわたしにも、それがかなり高価なものであることがわかった。

スマホで音楽が聴《き》けるいまでは、想像もできないと思うが、当時の家具調ステレオセットというのは、とにかく大きかった。

高さは大人の腰《こし》くらいまであり、レコードをかけるプレーヤー本体とその左右に、これまたでかいスピーカーが鎮座《ちんざ》する。ちょっとしたテーブルくらいの大きさはあるだろうか。ステレオセットの横のたなには、整然とレコードが並《なら》んでいた。そのほとんどが、わけのわからぬ洋楽であったように記憶《きおく》している。

屋内に他の家人の姿《すがた》はなく、いつもそのお兄さんが、ひとりで出むかえてくれるのだが、なぜわたしがその家に足しげく通っていたのか、お兄さんの家族はいたのかは、まったく思い出せない。しかし、わたしが引っこしでその土地をはなれるまで、お兄さんの家には、変わらず通っていたように思う。

ある日のこと。

いつものように遊びに行くと、お兄さんが一枚《まい》のレコードをたなから取り出し、プレーヤーにセットした。

ていねいな手つきで、ゆっくりとレコードの盤面《ばんめん》に針《はり》を降《お》ろしていく。

じきに聞こえてきたのは、ひとりの女性が口ずさむ、歌詞《かし》のない〝スキャット〟だった。

ル～ルルル～♪　ラ～ラララ～♪　ル～ルルル～♪　ラ～ラララ～♪

そんな感じの歌声が、部屋の中を幻想的《げんそうてき》な雰囲気《ふんいき》に変えていく。それからどれくらい、その旋律《せんりつ》を聴《き》いていただろうか……。

突然《とつぜん》、レコードの針《はり》が〝プツッ！〟と飛んだ。

と、次の瞬間《しゅんかん》！

「うわっ！　早くこいっ!!」

お兄さんは、そうさけぶが早いか、わたしのうでをつかむと、すごい勢いで屋外へとかけ出した。

はだしのまま、リビングの窓《まど》から庭に飛び出す。すると、お兄さんは両手で自分の耳をふさいですわりこんだ。そのとたん！

「ぎゃああああああああああああああああああっ!!」

いま我々《われわれ》がいた部屋の中から、強烈《きょうれつ》な女の悲鳴がひびきわたった。

「よし、もうだいじょうぶだ。部屋にもどろう」

あっけにとられて立ちつくすわたしに、平常心を取りもどしたお兄さんがいった。
あれはいったいなんだったのだろうか？

化《け》粧《しょう》鏡《かがみ》

小学二年生のころ、当時の我《わ》が家は、夕方になると母がお店を開けに行くため、わたしひとりで、朝まで留守番をするのが習わしとなっていた。

そんなある日のこと。

朝起きてみると、母が使う三面鏡のまえに、見慣れぬ化粧鏡《けしょうかがみ》が置かれていることに気づいた。鏡の部分が裏表《うらおもて》に回転する造りで、表が通常の鏡、裏《うら》が拡大鏡《かくだいきょう》になっている。

なんでも知りたがるわたしは、当然ながら「これどうしたの?」とたずねたが、母からの答えは「もらってきたのよ」のひとことだけ。

おおよそ自分には無関係のもの、しかも男の子にとって興味もない〝鏡〟のことであり、そこはすんなりと流して終わることにした。

その晩《ばん》のことだった。

キュイキュイ……キュイキュイキュイキュイ……キュイキュイィィ

ねいりばな、部屋の中にひびく、聞いたこともない音にわたしは目を覚ました。

わたしは幼《おさな》いころから、明るい部屋ではねつくことができず、いつも豆電球だけを灯《とも》して布《ふ》団《とん》に入る。

そのうす暗い部屋の中でひびく、この音は気持ち悪すぎる。

(な、なにが鳴ってるんだろう?)

そう思いながら首を上げると、まるでわたしを見ているかのように、音もぴたっと止《や》んでしまう。

昼間、方々をかけ回っているつかれもあり、なにもないことがわかり、わたしはことっとねむってしまった。子どもはそんなものだ。

あれほどこわかったのに、翌朝《よくあさ》になると、恐怖《きょうふ》の体験は〝夜中に変な音がした〟程度にしか覚えておらず、結果、それを母にいうこともなく時間が過ぎ、またひとりで留守番する夜がやってきた。

翌日《よくじつ》も同じ、やはりねつこうとしたとたん、部屋の中でキュイキュイキュイキュイキュイ……そして、わたしが起き上がると音は止まった。

次の朝は、きちんとその〝恐怖《きょうふ》〟を覚えていた。わたしは、このことを母に伝えた。

「裏《うら》のおじさんが、おそくに自転車で帰ってきたのよ」

しかし、母にはそう一蹴《いっしゅう》され、あえなく撃沈《げきちん》したわたしは、三日目の夜をむかえた。

(今夜もあの音、鳴るのかなぁ。やだなぁ……)

などと思いつつも、わたしはきちんと歯をみがき、いつも通りの時間に布団《ふとん》に入った。(いまにして思えば、なんていい子なのだろう……)

しかし、さすがにこの日は部屋を暗くしてねる決心がつかず、こうこうと蛍光灯《けいこうとう》を灯《とも》したまま、わたしは布団《ふとん》に入った。しばらくして、うとうとしかけると……。

キュイキュイッ……キュイ……キュイキュイキュイキュイ

さすがに三日目だ。

わたしははっとして目を覚ましたが、その日は身じろぎもせず、じっとしたままで目だけを動かしてみる。音の発生源《はっせいげん》をたどると、それは母の三面鏡の方から聞こえる。

(あっ!!)

思わず声が出そうになった。

母がもらってきたといっていたあの化粧鏡《けしょうかがみ》が、くるくると回っているのだ。

この日はいつもとちがい、わたしがこうして動いているいまも、目のまえでくるくると回り、鏡はその動きを止めようとはしなかった。

しかも、気がついた直後は、わたしから見て真横をむいていたはずの鏡が、回転する勢いを借りるようにしながら、じょじょにわたしの方に向きを変えている。

天井《てんじょう》から下がる、蛍光灯《けいこうとう》の光をキラキラと反射《はんしゃ》させながら回る鏡。

その勢いがしだいに弱まり、やがてぴたりと動くのを止《や》めた。

そこには、あっけにとられたままのわたしが映《うつ》し出されている。

が、その真横には見たこともない、灰色《はいいろ》の顔をした女性が映《うつ》りこんでいた！

「え、うわあああっ!!」

そうさけんでわたしは飛びのき、すぐにうしろを確認《かくにん》したが、そこにあやしい人影《ひとかげ》などあろうはずもない。

わたしは布団《ふとん》を飛び出すと、三面鏡のまえにある鏡をふせ、家中の明かりをつけたまま、母の帰りを待つことにした。しかしあの灰色《はいいろ》の顔に、黄色く変色した目が頭からはなれず、ちょっとした物音にもびくびくしながら過ごす数時間は、まるで永遠にさえ感じられるほどだった。

午前一時を回ったころ、玄関《げんかん》のかぎが開く音がして、母が帰宅《きたく》した。

「どうしてこんな時間まで起きてるの!?　ちゃんと、ねてなきゃだめじゃないの！」

まだ起きているわたしを見て、母はおこり出した。

しかし、そこはわたしの想定内。その時間まで起きていた理由を伝えようと「あのね、鏡がね……」と、わたしはいいかけた。

「なにをいってるの!?　いまなん時だと思ってるの？　いいから早くねなさい！」

またまたそう一蹴《いっしゅう》されて、ふたたびあえなく撃沈《げきちん》。でも母がもどったことで安心したわたしは、そのままねむりにつくことができた。


翌朝《よくあさ》、いつも通りの時間に母に起こされ、ねむい目をこすりながら朝食をとっていると、母が落ち着いた面持《おもも》ちでこういった。

「昨夜はどなってごめんね。あんな時間まで起きてるから、本当にびっくりしちゃった。それでね、あのとき……なにかいいかけたわよね？　鏡がどうとかって……」

それを聞いたわたしは、昨夜見たものを話そうと口を開いた。

「そうなんだよ！　鏡がね、くるくる回って……」

「鏡!?　どの鏡のこと？」

「この間、お母さんが持ってきた、丸い鏡だよ！」

ここで母の顔色が変わったのを、わたしは見のがさなかった。

「そ、それでどうしたの？」

変なことが起こり出したのは、数日まえからであること、そして昨夜、最後には、黄色い目で灰色《はいいろ》の顔の女の人が映《うつ》ったこと……。それらを、矢つぎばやに話して聞かせた。

すると母はいきなり鏡台目がけて走り出した。

そしてあの鏡をつかむと、「やだーっ！」という声とともに、玄関《げんかん》目がけて投げつけたのだ。

わたしはなにがなんだかわからず、ただ呆然《ぼうぜん》とその光景をながめていた。

直後は肩《かた》を落としてふるえていた母も、やがて平静を取りもどすと、作り笑いをうかべて、わたしを学校へ送り出した。

なんだか、釈然《しゃくぜん》としない気持ちをかかえながら、わたしは登校した。

夕方になって帰宅《きたく》してみると、玄関《げんかん》に見慣れないはきものがある。

家に上がると、そこには母のお店で働く女性がいて、母とふたり、なにやら難《むずか》しい顔をして話しこんでいた。

それから十数年、わたしは二十歳《はたち》くらいだったろうか。

母と当時の話をする機会があり、たまさかこの話題が出た。

「そう。やっぱりあなたは、それを覚えているのねぇ」

そういいながらも、母はわずかに眉《まゆ》をひそめて見せる。

続けてわたしは、あのとき見たそれが、まぎれもない真実であること、そして灰色《はいいろ》の顔に黄色い目が忘《わす》れられないことを、話して聞かせた。

「そう。そうなのよね。灰色《はいいろ》の顔に……黄色い目。あなたはあのときも、同じことをいっていた」

母はそういって一瞬《いっしゅん》まぶたを閉《と》じ、静かな口調で次のような話を聞かせてくれた。

もともと家にはなかったはずの化粧鏡《けしょうかがみ》。それがいったい、どこからきたものなのか……。


あの当時、母の店に美鈴《みすず》という名の女性がいた。

ある日、彼女《かのじょ》から一週間の休暇《きゅうか》の申し出があったという。理由を聞くと、実家の母親が入院するため、その身の回りの世話をせねばならないとのことで、わたしの母は快くそれを受け入れた。

ところが一週間が過ぎ、十日たっても出勤《しゅっきん》してくる気配も、連絡《れんらく》もない。母は、美鈴《みすず》といちばん仲の良かったかおりという女性に、美鈴《みすず》の家を訪《たず》ねるよう依頼《いらい》した。

「ある日の、お昼を少し回ったあたりだったかしらね。かおりちゃんが、あわてふためいて、電話をかけてきた。なんとか落ち着かせて事情を聞いてみると……」

美鈴《みすず》は自室でガスの元栓《もとせん》をひねり、自殺していた。

時期が冬だったことと、暖房《だんぼう》が入っていなかったことで、死後数日が経過しているにもかかわらず、腐敗《ふはい》は進んではいなかったという。しかし……。

母は続けた。

「あの次の日、あなたが帰ってきたときに、家にきていた子がいたでしょう？　彼女《かのじょ》がかおりちゃんよ。あなたの話を聞いて、美鈴《みすず》ちゃんの死に顔はどうだったか……って確認《かくにん》したのよ」

かおりが見た美鈴《みすず》の死に顔……。

それはまさしく、あの日、わたしが鏡ごしに見た、灰色《はいいろ》の顔、黄色く変色した目であったという。

「あの子は、入院したっていうお母さん以外、身寄りはなくてね。だから最後は、なん人かで部屋の片付《かたづ》けに行ったの。そのときに、形見分けとしてあの鏡を持ってきたのよ」

そういいながら母は、少しさびしそうな表情をうかべた。

細い手

四年ほどまえの夏、わたしはちょっといやな思いをした。

ある晩《ばん》、こんな夢を見た。

友だち数人と、複合娯楽施設《ごらくしせつ》にいる。そこは昔でいうヘルスセンター、いまならスーパー銭湯とか温泉《おんせん》テーマパークなどと呼《よ》ばれるような場所。時間は昼間。

中にはレストランや喫茶店《きっさてん》、飲み屋、そして一階には豪勢《ごうせい》なプールがある。

建物全体が円を描《えが》くような造りになっており、我々《われわれ》の他にも、少なからず客がいたように感じる。

いろんな所を見て歩き、わたしたちは二階にある、一軒《けん》のバーに足をふみ入れた。

そこは全体にうす暗い照明と、南国調の装飾《そうしょく》がほどこしてあり、まるでバリかバンコクにきたような錯覚《さっかく》におちいる。

店内にいるスタッフも、東南アジア系《けい》の女性が目立っているようだ。

しばらくしてタバコが底をついていたことに気づき、レジに買いに行くと、そこにひとりの女性が立っている。

いつも吸《す》っている銘柄《めいがら》を伝えると、その女性からなんだかわけのわからない、円盤状《えんばんじょう》の物体を手わたされた。

それはずっしりと重く、金と銀を配した、いかにも〝小型ＵＦＯ〟といった感じの物体。金色にかがやく中央のつき出した円形部分に、なにやら文字が書かれている。目をこらしてみると、なんとそこには象形文字。なんだか損したような得したような、実に微妙《びみょう》な心持ちだった。

……と、ここまでは夢らしい夢。

ところがそこから先、その夢はおかしな展開《てんかい》を見せる。

いつしかわたしたちは店を出て、館内をふらふらと歩いており、一階のレストランの横をぬけて行った先にある、プールサイドに出た。

そんなに大きくはないが、確かにそれはプールである。

わたしは当初、なんのためらいもなく、それへ近づいたのだが、ひとたび水に入ったとたん、異様《いよう》な雰囲気《ふんいき》を感じた。

ふと見ると、いま自分が立っている所の先から、あきらかに水の色がちがっている。

(ああ、ここから先は深くなってるのだな……)

そう思いながらも、あえてわたしがそこに足をふみ入れたときだった！

(まずい！　ここはだめだ！　早くみんなのいる浅瀬《あさせ》へもどらなきゃ！)

なんともいい知れぬ恐怖感《きょうふかん》におそわれ、わたしは急いで浅瀬《あさせ》へもどろうとする。

足が届《とど》かない深みで、少しずつ水をかき分けて進む。

(……ん？　いま……水中でなにかにふれた？)

なににふれたのかと、わたしは周囲を手探《てさぐ》りしてみる。

そしてつかんでしまったのだ。

それは手であった。それもか細い少女の手。なぜだかわからないが、わたしにはそれがわかった。

（えらいことだ！　水中に子どもがしずんでいる！）

とっさにそう思い、その手をつかんだまま浅瀬《あさせ》へと泳ぐのだが、ぜんぜんまえに進まない。

「おーい！　おーい!!」

いま起こっていることを知らせようと、みんなを呼《よ》ぶのだが、だれひとりとして、こちらに気づく者はいない。

「おーい！　だ、だれか……」

必死にもがいているうちに、しだいに息が苦しくなり、体の自由が利《き》かなくなってくる。そして気づいた。

わたしが、はなすまいとつかんでいた、一本の細いうで。それがいつの間にか二本になっており、その両手がわたしのうでを、がっちりとつかんでいる！

「うわあああああああっ!!」

……と、ここで目が覚めた。

部屋の時計を見ると夜中の二時少しまえ。

（ああ、なんとも夢見が悪いなぁ）

そう思いながら、トイレに立った。

廊下《ろうか》の明かりをつけ、トイレのドアを開けるとき、ふと自分の右うでに違和感《いわかん》を覚え、立ち止まった。

わたしの手首には、がっちりとつかまれた手のあとが残されていた。

初めての話

これは、物心ついてから自身が体験した中で、わたしが覚えているいちばん古い話だと思う。

なぜだか、いままでこの話を文字にしたことがなかった。


わたしが三歳《さい》のころのこと。

その日は朝から母と鎌倉《かまくら》へ出向き、親戚《しんせき》の家の法事に参加していた。

広い墓所の一角に、青みがかった自然石を墓碑《ぼひ》にした大きな墓があった。

本来は、この手の自然石を墓に使うのは、よろしくないとされている。（その話はまた別の機会にしよう）

親戚《しんせき》全員で墓前に向かい、僧侶《そうりょ》の読経《どきょう》に耳をかたむける。

しかしわたしたちはというと、子どもには無縁《むえん》とばかりに、いとこたちと、寺の中で壮大《そうだい》な鬼《おに》ごっこに興じていた。

「たおれると大変だからな。絶対にお墓に登ったりするなよ」

おじたちからそう厳《きび》しくいわれていたが、お寺が広いのをいいことに、ここぞとばかりに走り回っていた。

ひとりの子に追い立てられ、大人たちが黙禱《もくとう》する場にもどってきたときだった。

ふと墓碑《ぼひ》を見上げると、大きな墓石のうしろから、ひとりのおじいさんが顔をのぞかせているのが見て取れた。

おじいさんは、つるつるの頭に長く白い口ひげ。きらきらとかがやいて見える白い着物をまとっている。そしてあごのひげをさわり、子どもたちが走り回る姿《すがた》を「うん、うん」とうなずきながら、にこにことほほえんで見回していた。

「お母さん！　あのじいちゃん、なんであんなとこにいるの？　お墓に登っちゃだめなんだよね？」

それを見たわたしは、母にかけ寄って大声で伝えた。

「やっとつかまえた！　あんたはちょっとうるさすぎるの！　ここでじっとしてなさい！」

母に首根っこをがっちりとおさえられ、まんまと捕獲《ほかく》されて、そのまま撃沈《げきちん》した。

その晩《ばん》のことだ。

親戚《しんせき》の家で、法事のお清めに、大がかりな宴会《えんかい》の席が設けられた。

縁側《えんがわ》をすべて開放し、部屋中のふすまを取りはらって、たたみの間が大広間となっている。

ときおりブンブンと羽音をさせながら、カナブンが飛来し、部屋の明かりには大きなスズメガが集《たか》っていた。

大人たちが下手な歌に酔《よ》っているころ、子どもたちは、相も変わらず鬼《おに》ごっこで、家中をかけ回っていた。

「おい、ちょっとぉ、こっちゃこい」

そんな折、ひとりのおじがわたしを呼《よ》び止めた。

なにごとかと行ってみると、ちょこんとわたしをひざの上にのせ、卓《たく》の上にある卵焼《たまごや》きを食べさせてくれた。

それからわたしの顔をじっと見て、こんなことをいい出した。

「あのな、ちょっと教えておくれ。今朝のお墓でな、じいちゃん……がどうとかいってたな？　どこかに……じいちゃんがいたのか？」

おじからいわれるまで、とっくにそんなことは忘《わす》れていたわたしだったが、おじが発した〝じいちゃん〟という言葉を聞き、一気に記憶《きおく》が巻《ま》きもどる。

「うんうんうんっ！　じいちゃん、いたんだよっ！」

「そうか。どこにいた？」

そこでわたしは、みんなが拝《おが》んでいる墓碑《ぼひ》のうしろで見たこと、白い着物であったことなどを伝えた。

「うん、そうか。この中の、どのじいちゃんだかわかるか？」

そういいながら、おじは鴨居《かもい》のあたりを指さした。

「そこにある写真はな、みーんなこの家の当主なんだぞ」

そこには〝じいちゃん〟たちの写真を入れた額が、ずらりと並《なら》んでいた。

いちばん左から見て歩く。全体が灰色《はいいろ》に変色し、ちょんまげのような髪《かみ》をした人物の写真から始まり、軍服を着たセピア色の人をへて、しだいにカラーに変わっていくのがわかる。そのままずっと右へと見ていくと……。

「あっ！　あのじいちゃんだ!!」

それはいちばん右にあった、真新しい額に納《おさ》められた一枚《まい》の写真。

その顔はにこにことほほえみ、まさしく、あのお墓の裏《うら》から見ていたじいちゃんそのものだった。

するとそのおじはほろりと涙《なみだ》をこぼし、わたしをぎゅっとだきしめてこういった。

「そうか。父さんきてたのか……。いいか、まさみ。今日はな、あのじいちゃんの新盆《にいぼん》なんだ……」

いまもあせぬ思い出だ。

はなれ

これは沖縄《おきなわ》在住の女性に聞いた、不思議な話。

いまから三年ほどまえ、その女性は、それまで住んでいた集合住宅《じゅうたく》から、実家の近くにある一軒家《いっけんや》に一家で引っこしをした。

そこは、大家さんの家の敷地内《しきちない》に建てられた、別棟《べつむね》の〝はなれ〟だった。

庭はもちろん大家さんのものだが、はなれからのぞめるし、部屋も広く使い勝手のいい、住みやすそうな家だ。

しかもその大家さんは、彼女《かのじょ》の遠い親戚《しんせき》にあたる人だということが、借りたあとからわかったのだという。

ところが、その大家さんのことを彼女《かのじょ》が親に聞いてみると、その大家さんとは以前、親戚《しんせき》数所帯を巻《ま》きこむもめごとがあり、現在は絶縁《ぜつえん》状態にあるということが判明。

彼女《かのじょ》自身も、「どうしてそんな場所に引っこしたのか」などと、親族にいろいろいわれたそうだ。

そのはなれに住むようになって、ちょくちょく不可思議なことは起こるものの、最初のうちは特に気にせず過ごしていた。

ところが、突然《とつぜん》子どもが入院するようなことが起こり、直後に彼女《かのじょ》は流産。

その二週間後には、彼女《かのじょ》が車で走っているときに追突《ついとつ》を受け、後遺症《こういしょう》で指が麻痺《まひ》する事態におちいった。だんなさんも車上あらしにあったり……と、よくないことが立て続けに起こるようになった。

ある日彼女《かのじょ》は、縁《えん》あって沖縄《おきなわ》の霊能者《れいのうしゃ》＝ユタの力をもつ人物と出会う。

そのユタは、彼女《かのじょ》の顔を見るなり、こんなことをいい出した。

「あんた、ちょっと苦労しすぎ。悪いけど、少し家、見せてくれない？」

外から見るだけでかまわないとまでいうユタを、むげに断ることもできず、彼女《かのじょ》は予定をすり合わせて家に招くことにした。

「うーん、あんたは因縁《いんねん》でここの家に呼《よ》ばれてるよ。この家は、財産に関わるものを、相当なにかで失ってるね、そして親戚間《しんせきかん》でだいぶもめてるよ。そのうらみつらみが、あんたにおし付けられようとしてる。

しかも、拝所《ウガンジュ》がすぐ近くにあるね。そこは本来神さまの住む所だから、人は住めないよ。周りの家も、同じような不幸なことが多く起きてない？」

ざっとはなれを見ただけで、ユタは彼女《かのじょ》にそう告げた。

大家さんや親戚《しんせき》に関する話を、ユタにはいっさいしていなかったので、これには心底おどろいたという。

そういわれて考えてみると、近所にはうろうろと徘徊《はいかい》する人、ひんぱんにガラスの割《わ》れる音や、どなり声の上がる家などが多いことに気づく。

「早く引っこししないと、幸せになれないよ」

ユタにそういわれ、まずは線香《せんこう》や、あの世のお金として供養《くよう》で使う〝ウチカビ〟を燃やしてみたが、火をつけるとすぐに青い炎《ほのお》となり、燃えつきることはなかった。

「うーん、いやがって受け取ってくれないね。ふつうはめらめらと燃えていくのに、まったく燃え上がらない。これは相当な『念』だね」

それを見たユタは、ため息をもらしながらそういった。

それから、彼女《かのじょ》はユタといっしょに、なん箇所《かしょ》かの拝所《ウガンジュ》を回り「この先悪いことが起こらず、すべていい方向に向かいますように」と神さまにお願いした。

すると、その中のあるお寺で、お祈《いの》りしている最中、彼女《かのじょ》の左上にまぶしい光の玉がまい降《お》りてきた。

「神さま降《お》りてきたね」

ユタのひとことに、あれが神さまなのかと、彼女《かのじょ》は心底おどろいた。

それから二か月後、実家の近所にいい物件が見つかり、彼女《かのじょ》は無事にそこへ引っこすことができた。

彼女《かのじょ》はいまもそこに住んでいるが、その後はなにひとつ、悪いことは起きていないという。

見てはいけない本

読んでいるうちに、背後《はいご》になんらかの気配が……。

そんなことを感じさせる怪談本《かいだんぼん》。いまでは、なかなかめぐり会うことがないが、昔は、その内容自体ではなく、本全体から一種の〝気〟といおうか、まるで毒気にも似たすごみを感じる秀作《しゅうさく》があった。


さかのぼること数年まえ、関西在住のある友人から、一冊《さつ》のうす手の本を手わたされた。

著者《ちょしゃ》はすでに亡《な》くなっていて、その冊子《さっし》自体もさまざまな因縁《いんねん》を帯びた、大変古いものだと教えられた。

大きさはＡ４サイズくらい、浅黄色の表紙には、小さな火の玉がひとつ描《えが》かれており、タイトルはない。

一センチほどの厚さの中身は、まるでタイプライターで打ったように、紙面をさわれば凹凸《おうとつ》が感じられそうな文字。開いた一ページめの〝とびら〟には、たしか『霊異《れいい》』とだけあった気がする。

話の内容は、おおよそこんな感じであったように記憶《きおく》しているが、正直いって定かではない。

ひとりの男が、故郷《こきょう》である信州にお盆《ぼん》を機に里帰りする。生家は大きく、その昔は庄屋《しょうや》として栄えていた。

その村には幼《おさな》なじみも多く住んでいるが、だれひとりとして、男の家に寄り付こうとしない。それもそのはず、男の家は周辺から、たたりのある家としていみきらわれていたからだ。

ある祭りの晩《ばん》、村はずれにある鎮守《ちんじゅ》の森で、男はたまたま、首をつった自殺体を発見してしまい、それがのちに自分の遠縁《とおえん》にあたる者だと知る。

そこからさまざまな怪異《かいい》に見まわれた……はずなのだが、どうやっても、そこから先を思い出すことができない。おそらく、最後まで読むことができなかったのだろう。

それはなぜか……？

幽霊《ゆうれい》が現れるのだ。

読み進めていると、部屋中でパキッ！　バシッ！　とラップ音が鳴り出し、そのうちに犬がほえ出して、感知式であるはずの玄関《げんかん》の明かりが明滅《めいめつ》しだす。

翌日《よくじつ》そのあたりを見てみると、家族のものでは絶対にない、長い髪《かみ》の毛が一面に落ちている。

それが原因で、当時住んでいた事務所兼《けん》住居を引きはらったこともあるのだ。


ところが、その本の話を聞いたある友人が、ばかなことをいい出した。

「どうしても読んでみたい」

「いいことがないからやめろ！」

わたしは強く主張したが、友人は一向に聞かず、なかばむりやりに、その本を持って行ってしまった。

そのすぐあとだった。

彼《かれ》は家族を残し、事業を放棄《ほうき》して行方《ゆくえ》不明に……。

失踪《しっそう》するまえの彼《かれ》のようすを家人に聞いてみると、うちから持って行った本を、昼ともなく夜ともなく、かたときもはなさず持ち歩いて、読みふけっていたという。

そして友人はふだん着のまま、その本とともに家を出て、そのまま帰ってこなくなった……。

それから約十年。彼《かれ》とは、いまだ連絡《れんらく》が取れない。

古着屋

八年ほどまえ、たまたまある飲み屋で知り合った男が、都内で古着屋を始めた。

その男は母親の両親がアメリカ人とイタリア人、父親の両親が日本人とドイツ人という、大変ややこしい生《お》い立ちを持つ人物で、日本にくるまえは、長くアメリカに住んでいた。

わたしと知り合ってからは、車の趣味《しゅみ》で意気投合し、彼《かれ》とはいまでも公私《こうし》ともに仲良くしている。


古着屋オープンの日。

軽いレセプションをもよおすというので、わたしはフラワースタンドをおくり、お祝いに出向いた。

店に到着《とうちゃく》してみて、わたしは店のおくの方に、なにかおかしな〝気〟が停滞《ていたい》する一角があるのに気づいた。

おそるおそるのぞきに行くと、その一帯にはオリーブカラーの商品ばかりが置かれている。見ると、どれもこれも、アメリカ軍からのはらい下げ品のようだった。

（ああ、この手のものは、あつかいづらいんだよなぁ……）

それらのものを見たわたしは、そう直感した。

はらい下げ品であるわけだから、基本的にそれらは、新品であろうはずはない。

つまり最低でも一回は、〝軍人〟が着用していることになる。しかもアメリカ軍となると、近々では中東で起こった紛争鎮圧《ふんそうちんあつ》、少しさかのぼれば、ベトナム戦争で使用されたことが想像できる。

いわば、人の生き死にの場にいあわせたアイテム。それらに、どれほどの〝思い〟がこり固まっているのか……考えるだにおそろしい。

レセプションから数日後。

古着屋の彼《かれ》から電話が入った。

「客足が途絶《とだ》えて、だれも店にいなくなったとたん、店のおくから、異様《いよう》な音が聞こえるんだ」

わたしは、くわしくどんな音がするのか聞いた。

「あれは、オートマチック拳銃《けんじゅう》のスライドを引く音に、ちがいないと思う……」

それだけで、ただごとでないことが想像できて、わたしは思わず身ぶるいした。

開店の日にいやな〝気〟を感じたことは確かだったし、置いてあるものがものだけに、なにがあってもおかしくはないなとは思っていた。

しかし、その時点で、わたしには、それをどうにかするすべはなかった。

さらに数日後、また彼《かれ》から電話がかかってきた。ひどくあわてたようすだ。

「店の上に住む住人が、突然《とつぜん》どなりこんできた！　なにかと思って聞いてみると、『夜中に大《だい》音響《おんきょう》で映画《えいが》なんか観《み》るな！』って……」

マシンガンの音にまじり、なん人もの男たちが発するさけび声。怒号《どごう》。そして悲鳴……。上階の住民の話では、古着屋が閉《し》まっている夜中に、そうした音がはっきり、しかも大音量で聞こえてくるという。

わたしは、初日に感じたことを正直に彼《かれ》に話し、すべての原因は、おくに置かれたアメリカ軍のはらい下げ品であろうと伝えた。

彼《かれ》は即日《そくじつ》、仲間の古着屋に買い取りを依頼《いらい》したそうだ。

そのはらい下げ品を置いていた、たなごと撤去《てっきょ》したとたん、それらはいっさい起こらなくなったという。

こわい話

わたしは自分でデザインしたシルバーリングを、プロに依頼《いらい》して形にすることを趣味《しゅみ》としている。

いまから十年近くまえのことだ。

自宅《じたく》から、ちょっと行った所に、シルバーの専門店《せんもんてん》があり、当時はそこによく依頼《いらい》して、いろいろとわたしのわがままを聞いてもらっていた。

そこの女主人というのが、実に手先の器用な人で、わたしの持ちこむめんどうな依頼《いらい》を、いやな顔せず、しかもわたしのイメージと寸分《すんぶん》たがわず、再現してくれる。

わたしはことあるごとに、いろんな相談をするようになり、当然、かなりの数の依頼《いらい》も出していた。

そんなある日、自分のオフィスへ向かうため、ガレージへ行くと、タイヤのあたりに、なにかきらりと光るものが目に入った。

近くで見るとそれは、なんと一本のくぎ！　それも通常のものより、長く太い〝かわらくぎ〟だ。

車の進行方向側から、タイヤにななめに立てかけられている。

まさかと思って確認《かくにん》すると、すべてのタイヤにしっかりとそれがセットされていた。

おどろいたわたしは、すぐに一一〇番に通報し、ことのしだいを伝えた。

「なにか、他人にうらまれるような覚えは？」

そう聞かれても、子どものころにした、ある〝いたずら〟以来、なるべく他人のうらみは買わないように心がけているので、これといって思い当たるふしはなかった。

ところがその後も、いくどとなくタイヤの下にくぎが置かれ、いつしか、だれの車であっても、乗りこむまえにはタイヤを確認《かくにん》する、というくせが付いてしまったほどだった。

なんだかそのうち、おぞましい悪霊《あくりょう》にでも取りつかれている気になり、自分自身でも気づかないうちに、真剣《しんけん》な顔をして思いなやむことが増えていった。

そんなわたしを見かねてか、友人の峯田《みねた》から一本の電話が入った。

「おいおい元気出せ！　なんだか最近、生気がないぞ。長野にいい所があるから、今週末、みんなで行こうよ」

友だちとは実にいいものだ。

向かった先は、長野県白馬にある一軒《けん》のペンション。

周囲は深い緑に囲まれ、すぐ近くには、源泉《げんせん》かけ流し温泉《おんせん》の露天風呂《ろてんぶろ》もある。

そこへ通じる道のそこかしこには、図鑑《ずかん》でしか見ることのないような虫たちが歩き回り、朝露《あさつゆ》にぬれてきらきらとかがやくそれは、まるで〝歩く宝石《ほうせき》〟のようだった。

二泊《はく》三日の予定も最終日となり、その日はチェックアウトしてから、帰りがけに黒部ダムへ寄ることになっていた。

わたしが荷物をまとめていると、峯田《みねた》が部屋へやってきて、真剣《しんけん》な面持《おもも》ちで、こんなことをいい出した。

「おまえさ、ここへくること……だれかにいったのか？」

「いや、特にだれにもいってないが……なんで？」

「実はな……」

一瞬《いっしゅん》なにかをためらうかのようにして、峯田《みねた》は口を開いた。

その内容は、にわかには信じ難《がた》いものだった。

昨晩《さくばん》は、一階のリビングでみんなとおそくまで談笑《だんしょう》し、そろそろねようかと、それぞれの部屋にもどったのが午前二時。それから一時間もたったころ、峯田《みねた》の部屋に備え付けの電話が鳴ったという。

「ものすごく陰鬱《いんうつ》な女の声で『中村さんの部屋はなん号室でしょう』というんだ。だからおれは『あんただれ？』と聞いたんだが、とたんに、ぷっつりと切られてしまった」

耳を疑《うたが》ったのはここからだ。

峯田《みねた》が続けた。

「それをおまえに教えようとも考えたんだが、またいやな思いをさせちゃ悪いと思って、だまってた。

だがな中村。今朝になって、ここのオーナーにそのことを伝えると、おどろくべきことが判明したんだ。

あの電話は……外部とつながってない」

ということは、峯田《みねた》に電話をかけてきた女は、この建物の中にいたことになる。

だがオーナーは、昨晩《さくばん》も厳重《げんじゅう》にかぎをかけてからねたので、外部からの侵入《しんにゅう》は、絶対にないというのだ。

気味悪さと、いい知れぬ不安感とがまざり合い、わたしはなんともいえぬ、うすら寒さを覚えた。

「予定よりいくぶん早いが、とにかくいまはここを出よう」

峯田《みねた》にそうながされ、みんながそれぞれ自分の荷物をまとめ、各々《おのおの》の車に積みこむ。わたしもルートを確認《かくにん》しあったあと、自分の車へと向かった。

ところが……。

それを見たとたん、「うわっ!!」とさけんで、わたしは持っていた荷物をその場に落としてしまった。

タイヤの下に、あの〝くぎ〟がしかけられている。いつもと同じ、あの〝かわらくぎ〟だ。

わたしのようすをうしろから見ていた峯田《みねた》が、みんなの方に向き直ってこうさけんだ。

「おい、だれだよ！　悪質なじょうだんはよせっ!!　おまえら、中村の気持ち考えたことあんのか！」

ちがう……。これは、仲間のいたずらなんかじゃない。

それはくぎを見た瞬間《しゅんかん》、わたしにはすぐに察しが付いた。

だれだかわからないその人物は、ここに、この長野にきているのだ。

いい知れぬ恐怖《きょうふ》がわき上がり、その日はどこへも寄らずに、わたしはまっすぐに帰宅《きたく》することにした。


それから数日はなにごともなかった。

のどもと過ぎれば……とはよくいったもので、わたしは、白馬の一件も、もしかしたら、仲間のいたずらだったのかもしれないなどと思い始めていた。

その日は、注文していた車のパーツが届《とど》くこともあり、わたしは仕事を早めに切り上げて帰《き》宅《たく》した。

部屋に入ると、留守電のランプがちかちか点滅《てんめつ》している。

再生ボタンをおすと、いつもお願いしている、シルバー細工の店からだった。

「ご注文のターコイズが、本日入荷《にゅうか》いたしました。お時間がおありのときにでも、ご来店ください」

聞きなれた、いつも通りのていねいな口調が耳に心地《ここち》いい。

その直後に届《とど》いた車のパーツを受け取ると、わたしは、さっそく留守電の主を訪《たず》ねることにした。

「留守電ありがとう。さっそくきてみました」

いつも通り、店主の静かな笑顔《えがお》と、おだやかな口調が出むかえる。

「このたび入荷《にゅうか》した石は、この十五点なんですが、わたしはやはりこれと……この石などがおすすめです」

　彼女《かのじょ》の博識ぶりに感服しつつ、結局わたしは、そのすべてを買ってしまった。

　カウンターで商品を受け取り、クレジットカードのレシートにサインをしていたわたしに、彼女《かのじょ》はなにげなく問いかけてきた。

「白馬はすずしかったですか?」

「ええ、そうですね。やっぱり朝夕は風が……」

　そういいかけて、わたしは、はたと手を止めた。

(なぜ?　なぜ彼女《かのじょ》はそれを?　なぜわたしが白馬へ行ったことを知っているんだ!?)

　彼女《かのじょ》を見ると、動きを止め、上目遣《うわめづか》いのまま、じっとわたしを凝視《ぎょうし》している。

　そして、いっさい表情を変えぬまま、口だけ〝にんまり〟と動かした。

「あたし……なんでも見えるんです。子どものころからそう。なんでもわかっちゃうの。気持ちだけを、そこに飛ばすこともできるのよ。

くぎはね……くぎは、愛のしるし……よ。うふふふふふふ」

かわいそうだとは思ったが、その後、警察《けいさつ》に通報し、その日のうちに、彼女《かのじょ》は逮捕《たいほ》された。

民宿

ある浜辺《はまべ》の近くに建つ、一軒《けん》のひなびた民宿。

夏ともなれば、他のホテルや旅館からあふれた観光客が訪《おとず》れるのだが、シーズンが過ぎるころには、人の出入りが極端《きょくたん》にとぼしくなる。

観光シーズンも終わった、ある年の秋口。

わたしは、旅行オタクの女友だちの薫《かおる》にさそわれ、とはいえ、なかばむりやりにこの地を訪《おとず》れていた。

とはいうものの、「魚料理がめちゃくちゃすばらしい！」というポイントに、つられたこともいなめない。

カーナビで目指す宿を検索《けんさく》する。〝名称検索《めいしょうけんさく》〟では出てこず、住所検索《けんさく》に切りかえ、ちまちまと住所を入力していく。

「旅館じゃなくて、民宿なの？」

入力しながら、わたしは薫《かおる》に聞いた。

「そういったじゃん」

「あ、はい、そうですね」

車中には、いつもながらの〝楽しい〟会話があふれている。

都内から高速道路を使って二時間あまり、ナビはあるインターを下りるよう告げている。下道に移動して、小さな市街地をぬけ、車はしだいに曲がりくねった海岸線へ出た。

「いまの時間に着いても、食べるものは出ないから、とちゅうでどこかに寄ってすませていこう」

薫《かおる》にそういわれて、わたしは、先ほどから腹《はら》の虫が鳴き始めていることに気づく。

ほどなく現れた〝食堂〟で軽い昼食をとり、ふたたび宿を目指して走り出す。

「いまから行く民宿ね。あたしが波乗りやってたころによく使ったのよ」

薫《かおる》がいった。

「ああ、そういやおまえ、もともとプロだったよな」

「プロといっても、スポンサーから出るお金なんてほんのわずかだから、なるべく宿泊費《しゅくはくひ》なんかをおさえようってことでね。それであの民宿にたどり着いたんだけど……」

「だけど？」

「……」

「だまるなっ！」

「だって」

「だってじゃねぇ！　このタイミングで、おかしな沈黙《ちんもく》はやめんかっ！」

「いまここでいったら、絶対おこるじゃん」

薫《かおる》の返答を聞き、わたしは左側の路側帯に、いったん車を停《と》めた。

「なんだよ、その『おこるじゃん』って!?」

わたしがにらみつけると、薫《かおる》はようやく口を割《わ》った。

聞けば、民宿の主人は怪談《かいだん》がことのほか好きで、宿泊客《しゅくはくきゃく》には、かならず近隣《きんりん》で起こった怪異《かいい》を聞かせるのが、唯一無二《ゆいいつむに》の〝趣味《しゅみ》〟だというのだ。そのうえ、その話というのが、異様《いよう》なほどつまらなく、ばかばかしいのだと彼女《かのじょ》はいう。

しかも、つかれと眠気《ねむけ》に勝てず、客がうつらうつらしようものなら「人の話は最後まで聞け」とおこり出す始末……。

「なんでそんな所に、おれを連れていくんだよっ！」

わたしは当然の質問をした。

「だってお魚、おいしいんだも～ん」

「そんなかわいくいっても、だめだめ！」

薫《かおる》はそこそこの美人。しかし人見知りが、はんぱではない上に、こんな調子なので、ういた話がまったくない。

わたしは代わりの宿を探《さが》そうか……とも思ったが、その主人の〝怪談《かいだん》好き〟という部分に、若干《じゃっかん》興味もあり、結局そのまま目的地を目指すことにした。

「あ、そこの手おし信号んとこ、左折ね」

ほどなくして民宿に到着《とうちゃく》した。

思っていたより清潔感があり、雰囲気《ふんいき》も明るい。

「おれが怪談《かいだん》ライブとかやってたってことは、ぜえったい、いうんじゃないぞ!」

「な、なんでよ~!?」

「なんでじゃねえ! いろいろめんどうなのは困《こま》るから、たのむからだまっといてくれ。いいな?」

「あたしたちしか泊《と》まり客はいないんだから、別にいいじゃ……」

そこへ愛想《あいそ》のいいおくさんが、中から出てきた。

「あらあら薫《かおる》ちゃん! ようこそ~」

「お世話になります」

部屋はいつもの二階をとってあるから……といわれ、車から荷物を降《お》ろして、ひとまず部屋へと向かった。

「んあ――――」

大きくのびをして、置かれたざぶとんをたたんで、その上に頭をのせ、わたしはそのままねころんだ。

どのくらい時間がたったのだろう。

目が覚めると、周囲はすでに真っ暗になっている。

テーブルに置いたタバコとライターをつかむと、わたしは部屋を出た。

エプロンをした女性を見つけたので、「食堂は？」と聞いてみる。

「階段《かいだん》下りて左手です」

そっけない返事だった。

ガラゴロと鳴るガラス引き戸を開けると、すでに薫《かおる》は夕食を終え、宿の主人とコップ酒をやっている。

「いや、おくさんを、ちょいとお借りしてました」

（おくさんじゃねえし……）

出されたお膳《ぜん》を平らげ、お茶をすすっていると、主人が声をかけてきた。

「実はね、だんなさん」

（だんなさんじゃねえし……）

「このへんには、いろいろ、みょうなうわさがありましてね……」

どうやら始まったらしい。

「身の毛もよだつ、こわ〜い話があるんですよ」

〝プロ〟のわたしからすると、自ら〝身の毛もよだつ〟というなと心底思う。

「それってぇのがですね、漁に出てそのまま海難《かいなん》事故にあったってぇ、男のことでしてね……」

わたしはとりあえず、だまって聞いてみることにした。

主人が続ける。

「その男が遭難《そうなん》した日になるとね、ここいら一帯を、徘徊《はいかい》して歩くってんですよ」

なんとも旧態依然《いぜん》とした話だ。

「その男が没《ぼっ》した日ってぇのが……実は今日でしてね」

主人はそういい終わるやいなや、わたしのうしろを指さして……。

「ほらほらそこーっ！　…………!!」

その表情と声におどろいたわたしたちは、思わず背後《はいご》をふり返った。

そこにあった窓《まど》から……腐《くさ》った顔がのぞいていた。

「えええええええええええ～!!」

思わずわたしの口から出た悲鳴。ほとんど芸人の漫才《まんざい》のようなやりとりが展開《てんかい》された。

こんなこと、本当にあるのだ。

原状回復工事

友人Mの仕事は、賃貸《ちんたい》物件の原状回復工事である。

原状回復工事というのは、賃貸《ちんたい》物件で退去者が出たあと、次の入居者が決まるまでに、室内を元どおりにするというもの。

これは、部屋を単にきれいな状態にするという単純《たんじゅん》なものではなく、工事の目的は、以前の入居者の生活感を丸ごと消すということにある。

目に付くよごれた部分の清掃《せいそう》など、ごくあたりまえの作業もふくまれるが、いちばん重要なのは〝においそのもの〟を消すということだ。

単純《たんじゅん》にタバコのにおいや芳香剤《ほうこうざい》の香《かお》りが、残らないようにするということではない。

人がそこで生活していたという痕跡《こんせき》、つまり〝生活感〟を完全に消し去るのである。これは思いのほか大変だ。

その日の現場は、高いビルにはさまれた、ある賃貸物件《ちんたい》。

昼間でも敷地《しきち》全体がうす暗く、陰湿《いんしつ》な雰囲気《ふんいき》のするアパートで、全部で六部屋という、ごくごく小さな建物だった。

Mは敷地内《しきちない》の駐車場《ちゅうしゃじょう》に車を停《と》め、道具一式を降《お》ろすため、車のうしろへ回りこんだ。そこへは、以前にもなんどか訪《おとず》れたことがあった。

くるたびに空気がしめっぽいと思っていたが、その日はいつも以上に空気に重みを感じたのだという。


道具を車から降《お》ろしていると、背後《はいご》になにやら圧迫感《あっぱくかん》をともなった気配を感じ、とっさにふり返るが、そこにはだれもおらず、あれたアスファルトがあるだけ。

釈然《しゃくぜん》としない気持ちのまま、Mは車にかぎをかけた。

コンクリートのせまい通路をぬけ、いちばんおくに位置する、指定された部屋へと向かう。

その通路は、駐車場《ちゅうしゃじょう》よりさらにうす暗く、所々こけがうっすら生えている。

与《あた》えられたかぎを使って、ドアを開ける。と同時に、〝生活感〟のするにおいが、ふっと流れ出た。

（まだだれかが、その空間に存在《そんざい》している！）

そう感じるほどのものだったとMは話した。

Mは思わずドアを閉《と》じ、部屋の号数を確認《かくにん》した。依頼《いらい》された部屋をまちがえたのかと思ったからだ。が、そこにまちがいはなかった。

再度玄関《げんかん》ドアを開け、一歩部屋に入ったとたん、Mが先ほどは直感的に思ったことが、現実に変わった。

（この部屋には……確かにだれかいる……）

しかしそんな感覚的なことを理由に、うけ負った工事をキャンセルするわけにはいかない。

Mは気を取り直して、作業にとりかかることにした。

間取りは1DK。玄関《げんかん》を開けると、すぐダイニングになっており、入って右側にキッチンがある。そのおくに、すりガラスの引き戸があり、リビングとおくの部屋がへだてられている。

その日の仕事内容は、キッチン収納《しゅうのう》部分の補修《ほしゅう》。

キッチンにひざをつき、Mは流し台の下にある収納庫《しゅうのうこ》のとびらを開けた。すりガラスの引き戸は、キッチンの横手にあるが、リビングの照明がすでにはずされてあるため、ガラスの向こうは真っ暗だった。

Mはなんともいえない、ざわついた気持ちのまま作業にかかるが、正直なところ、一秒でも早くここを去りたい気持ちでいっぱいだった。

収納庫《しゅうのうこ》に、頭をつっこんだ状態で作業をすると、当然ながら出ている体の部分は、かなり無防備な状態になる。その無防備さからくる、恐怖感《きょうふかん》というのも、実にたえ難《がた》いものがあった。

作業開始から、五分くらい経過したころだろうか。

すぐ自分の左どなりにあるすりガラスが、カサカサと鳴った。その瞬間《しゅんかん》、Mの全身はこおりつき、動くことができなくなった。

すりガラスの表面に髪《かみ》の毛を当て、こすっているようなイメージ……。Mはその音をたとえてそういった。

それでも仕事というのは残酷《ざんこく》なもの。たとえそこになにがあろうとも、最後まで完了《かんりょう》させなくてはならない。それが社会のルールだ。

それ以後も、作業中に例の音はたびたび聞こえたが、不思議と作業に集中していると、恐怖《きょうふ》感《かん》はうすれ、その日の目的だった補修《ほしゅう》内容もクリア。

安堵《あんど》のため息をつきながら、使った道具をまとめて、収納庫《しゅうのうこ》から、頭を引きぬこうとした瞬《しゅん》間《かん》だった。


カサカサ、カサカサ……

ふたたび、あの音が聞こえた。しかもあきらかに、先ほどより音が大きくなっている。どうすればいいか必死で考えるが、答えが出ない。

頭を引きぬいて、その音の正体をつき止めようとも考えたが、あまりの恐怖《きょうふ》で体がいうことを聞かない。

とにかくここを立ち去ろうと思うが、音がしている間は動きたくなかった。ふるえる手で道具をにぎりしめ、いつでも退散できる態勢で、そのままじっとたえるしかない。

すると、鳴っていた音がぴたりと止《や》んだ。

（いましかない、音のしていた方を見ないようにして、早々にここを立ち去ろう……）

そう心に決めて、Ｍは行動に移した。

しかし、人間とは悲しい生きもので、見てはいけないと思えば思うほど、そちらを見てしまう、〝こわいもの見たさ〟という感情があるのだ。

Ｍは収納庫《しゅうのうこ》から頭を引きぬき、そのとびらを閉《し》めた。

その瞬間《しゅんかん》、いままで収納庫《しゅうのうこ》のとびらにかくされていたすりガラスが視界《しかい》に入り、反射的《はんしゃてき》にそちらを見てしまった。

すりガラスの下の部分、つまりそのときの自分の目線の高さにそれは現れた。

すりガラスごしなので、細かい表情はわからない。

ただ、ぽっかり口を開けた男……ということだけは、はっきりとわかる。

それは身動きひとつせず、ガラスの向こうから、こちらをじっと見つめている。

周りが暗いため、顔以外はよく見えないが、こちらからの光があたる部分だけ、うき上がるかのように、青白くすけて見えているのだ。

すると突然《とつぜん》となりの部屋の方から、声とも音ともつかない、異様《いよう》なものが聞こえてきた。


ギギィイ～キキキィィイ～


まるで子ブタが発するような声……。

それを聞いたとたん、恐怖《きょうふ》のあまり声も出せず、立つこともできないまま、Mは、はいずるようにして部屋の外へと転げ出た。

すぐにドアを閉《し》め、車にもどると道具を投げ入れ、その場をにげるように立ち去った。

その数日後、Mはどうしても、そのときのできごとを、自分の中で処理《しょり》も理解もできず、思い切って不動産屋の担当者《たんとうしゃ》に、問い合わせてみることにした。

しかし、担当者《たんとうしゃ》は「う～ん」とうなるだけで、どうにも話したくないようすでいる。

電話ごしにそれを感じて、それ以上、追及《ついきゅう》するのもなんだか気の毒になり、Mが「むりにとはいわな……」と、いいかけたときだった。

「いや、これからのこともあるので、直接今日お会いできますか？　電話では、なかなかお伝えしづらい性質のものですので」

と逆に、担当者《たんとうしゃ》から提案がなされた。

数時間後、その不動産屋に出向いたMに、担当者《たんとうしゃ》が語ったのは、こんな話だった。

かつてその部屋には、ひとりの中年男性が住んでいた。

男性は、精神的に不安定な傾向《けいこう》があり、入居中もトイレの便器を割《わ》ってしまうなど、数々の問題を起こしていた。

そのうち、それまではきちんと行われていた、家賃《やちん》のふりこみがとどこおった。

当人と連絡《れんらく》がつかない状態が続いていたある日、その部屋の隣人《りんじん》から電話が入った。

「となりの玄関《げんかん》ドアの下から、血のようなものが流れ出している」

不動産屋の担当者《たんとうしゃ》が、アパートのオーナー立ち会いのもと、部屋を訪《おとず》れ、チャイムを鳴らすが、まったく反応がない。

開錠《かいじょう》して中へ入ると、リビングに変わり果てた男性の姿《すがた》があったという。


そこまでは、なんとなく想像できていて、Mはさほどおどろきもしなかった。こういう事例は、以前にも経験していたからだ。

ただ、こうして話を聞いても、Mの中にはまだ、解消されない疑問《ぎもん》があった。

それは、隣人《りんじん》の話にあった〝ドアから流れ出るほどの大量の血〟。そして、Mが確かに現場で聞いたあの声だ。

「差しつかえなかったら、その男性が、どうやって亡《な》くなっていたか、教えていただけないですか？」

Mは意を決して、担当者《たんとうしゃ》に切りこんでみた。

あとから思えば、そこは聞くべきではなかったかもしれない。だが、そこを聞かないことには、どうにも納得《なっとく》がいかなかった。

「実はですね……」

そういうと、担当者《たんとうしゃ》は一瞬沈黙《いっしゅんちんもく》し、生つばをのみこんだ。


その男性は、カッターナイフで、自らののど元を切りさいていたのだという。

その傷《きず》は深く、動脈はもちろん、声帯にまでたっしていた。

Mは、あの声がなんであるかを理解した。

なにかを伝えたくて声を発するも、のど元を切りさいているため、そこから空気がもれ、子ブタの鳴き声のような〝音〟が出ていたのだ。

Mが施工《せこう》に訪《おとず》れたその日は、まだ四十九日も過ぎておらず、おそらく男性は、そのいちばん辛《つら》い状況《じょうきょう》を、そこでくり返していたのだろう。

それほど壮絶《そうぜつ》な末路を選んでしまうからには、本人にしかわからない、それなりの理由があったのだろう。

しかし、男性がMになにを伝えたかったのかは、永遠に謎《なぞ》である。

花束

わたしがまだ十六歳《さい》のころ。

中型二輪の免許《めんきょ》を取ったわたしは、毎晩《まいばん》のように仲間たちと遊びまわり、毎朝ねむい目をこすりながら学校へ通っていた。

仲間と向かう先はたいてい、海岸通り。

当時はまだ軒数《けんすう》も少なかったコンビニの駐車場《ちゅうしゃじょう》にオートバイを停《と》めては、くだらない話に花を咲《さ》かせる。ただそんなことが、楽しい時代だった。

そんなある日のこと、仲間のひとりが思い立ったように、こんなことをいい出した。

「毎日こんなとこまできて、コンビニだけじゃつまんないな。たまにはどこかこう、楽しめる場所に行きたいと思わない?」

その意見にはみんな賛成だった。とはいえ、アルバイトで稼《かせ》いだお金は、すべてガソリン代に消えてしまう。金のかかることはしたくない。

すると、仲間内でいちばん〝お調子者〟の杉田《すぎた》が口を開いた。

「おれの地元によぉ、めちゃくちゃおもしろい所があるぞ。でもあれだな……おまえらにはむりだろうな！」

そんな挑発《ちょうはつ》するようなことをいわれて、みすみすだまっている連中ではない。

なぜむりだと思うのかを、それぞれが杉田《すぎた》に問いかける。中にはなかば、けんか腰《ごし》になっている者もいた。

「わかったわかった、なら教えてやる。実はな、おれの家からほど近くに、ある湖があるんだよ。そこにかかる橋があるんだが、その橋からの飛び降《お》り自殺があとを絶たなくてな。変なものが見えるとか、幽霊《ゆうれい》が出るとか、昔からいろんなうわさが絶えないんだ。

どうだ？　そんなとこ、おまえら、こわくて行けないだろ？」

そうまでいわれて引き下がったのでは男がすたるとばかりに、それぞれヘルメットをかぶり、杉田《すぎた》の先導のもと、その幽霊《ゆうれい》が出る橋を目指して走り出した。

しかし実をいうと、その話を聞いた時点で、わたしはみょうな胸《むな》さわぎを覚え、心の中では行きたくないと思っていたのも事実だ。

いまも昔も、わたしがこわがりであることは変わらない。


一団は、海沿《うみぞ》いの国道から市街地をぬけ、しだいにさびしくなる風景を横目に、山間部へと突入《とつにゅう》した。そこから人気のない道をひた走り、やがて湖畔《こはん》に面した道に出た。

「もうすぐだからよ！」

みんなの乗るバイクのエンジン音にかき消されながらも、杉田《すぎた》の張り上げる声が聞き取れた。

ほどなくして、我々《われわれ》の前方に広がる視界《しかい》の右側に、ひとつの橋が見えてきた。

と、そのときだった。

「うわあっ!!　やばいやばいやばいっ!!」

二番手を走る石坂が、そうさけんだかと思うと、急ブレーキをかけた。

あわや、その後続すべてを巻《ま》きこむような、大事故になるところだった。

「なにしてんだおまえ！　危《あぶ》ないだろうが！」

いったんその場に停《と》まった全員が、石坂を責めたてる。

しかし石坂はそれにはいっさい応《こた》えず、バイクを降《お》りてフェンスごしに、例の橋の下あたりを見つめている。

その姿《すがた》を見たとたん、わたしは、石坂はなにかを見たのだと直感した。

「なんだよ、早く行こうぜ！　ゴールはすぐそこだよ」

あわや大惨事《だいさんじ》になるところだった我々《われわれ》をしり目に、先を行っていた杉田《すぎた》がもどってきて、せっついた。

「石坂、とにかくいまは動こうぜ。どのみち、ここにいても始まらん」

そういって、わたしは石坂をうながしてバイクに乗せ、ふたたび我々《われわれ》は移動を開始した。

ものの五分も走っただろうか。

一行は、杉田《すぎた》のいう〝幽霊《ゆうれい》の出る橋〟にたどり着いた。

バイクを降《お》りると、かぶっていたヘルメットを取り、杉田《すぎた》は先頭を切って、橋のたもとを目指して歩き出す。

一行は杉田《すぎた》のうしろを付いて行くのだが、わたしは先ほどの石坂の行動が気になってしかたなかった。

「なにを見た？」

わたしはそっと石坂に近づき、ささやくように耳打ちした。

すると石坂は、はきすてるように、ひとことだけ返してきた。

「いまは……いいたくない」

そして「あとでな」と付け加えた。

もともと寡黙《かもく》な男だったが、それでも、このときばかりはそのままにしておけない感じがしていた。なにか、よほどのことがあったにちがいない。

と、そのときだった！

「うわあ、なんだよ、これっ!!」

杉田《すぎた》に付いて先に行った連中が、口々にそんな声を上げて、立ち止まっている姿《すがた》が見えた。

わたしは急いでかけつけてみて、おどろいた。

まっすぐにのびた橋。

その上を通る道の両側に、累々《るいるい》と置かれた花束や供《そな》えもの……。その数たるや、はるかに想像をこえている。

「……やっぱりな」

あっけにとられて、その光景を見ていたわたしの横で、石坂がぽつりとつぶやいたのを、わたしは聞きのがさなかった。

「杉田《すぎた》。ここはな、遊び半分できていい場所じゃないぞ。もういいから帰ろうぜ」

わたしがそういうと、杉田《すぎた》は仁王立《におうだ》ちになってこちらを向き返り、とんでもないことを口走り出した。

「いいかおまえら。おれは親父《おやじ》が死んだときも、じいさんが死んだときも、その場にいた。だけどな、不思議なことなんか、ただの一度も経験したことはない。

人は死んだら土になる、そう教わったろ？　第一こいつら見ろ。なにかで失敗したか、それとも単純《たんじゅん》に、にげたいだけか、たったそれっぽっちの理由で自殺したんだろ？　いわば敗北者だろうが！」

それを聞いた一同は色めきたった。

「なんてこというんだ杉田《すぎた》！　仮にもこんな場所で、よくそんなことがいえるな、おまえ！

なにが起こったって知らねえからな！」

しかし杉田《すぎた》は、わたしのいうことなど、まったく意に介《かい》さず、くるりときびすを返すと、道のわきに置かれた小さな花束に向かって歩いていく。

なにをする気かと見守る我々《われわれ》のまえで、杉田《すぎた》はさらにとんでもない行動に出た。

「おらぁ！　こんなもの、こうだ！　こうだ！　こうだ！」

いまは、かれかかった花束を、杉田《すぎた》はなんと、力任せにぐしゃぐしゃとふみ付け出したのだ！

「杉田《すぎた》っ!!　おまえ、いいかげんにしろよっ！」

なん人かがそうさけぶと、杉田《すぎた》をおさえにかかり、なんとかその蛮行《ばんこう》を止《や》めさせた。

ふみにじられた花束は無残につぶれ、いっしょに供《そな》えてあったジュースや菓子類《かしるい》も、めちゃくちゃになってしまっている。

みんなの手からはなれた杉田《すぎた》は、おかしなポーズを作って、おどけて見せた。そしてカラカラと笑いながらいった。

「見ろ？　おれは平気だぞ。あんなことしたのに、まったく平気だぞ？　中村、おまえがよくいう、たたりだ、のろいだってのは、どうやら即効性《そっこうせい》がないらしいな。わはははははは！」

〝若気《わかげ》のいたり〟という言葉はあるが、じょうだんじゃない。こんなことができるのは、若《わか》さゆえではない。人間性そのものの問題だ。

確かに杉田《すぎた》という男は、ふだんからお調子者的な存在《そんざい》ではあった。だが、この行動はその範《はん》囲《い》をこえている。

その場にいた全員が、杉田《すぎた》の神をもおそれぬ行為《こうい》におどろき、これ以上は付き合いきれないと、帰りじたくを始めた。すると、石坂がわたしに近づいてきていった。

「とちゅうまで帰る方向いっしょだよな。話があるから、ふたりっきりになったら、すまんがどこかのコンビニに寄ってくれ」

きた道を全員でもどって行き、国道に出たあたりで、それぞれが各々《おのおの》の家のある方向へと散っていく。

石坂とふたりになったことを確認《かくにん》し、手近なコンビニを見つけて、わたしたちはそこでバイクを停《と》めた。

店で缶《かん》コーヒーを買い、駐車場《ちゅうしゃじょう》のはしの方に移動すると、ふたりして地べたにすわりこんだ。

少しの沈黙《ちんもく》のあと、石坂が静かに話し出す。

「山道を登っていくと、右手に赤い橋が見えてきたろ？　最初にあれが目に入ったときから、なんだかおかしな違和感《いわかん》を覚えたんだ。なんていうかな、こう、まるでなにかの舞台《ぶたい》みたいな……よ」

それがいったいなにを意味するのか、その時点では見当もつかなかったわたしは、なぜあれが舞台《ぶたい》に見えたのかたずねた。

「人がな、それこそたくさんの人が、橋の上に並《なら》んで見えたんだ。だから一瞬《いっしゅん》、なにかの撮影《さつえい》か、それともあんな場所に、野外の舞台《ぶたい》かなんかがあるのかと思った……」

それが、とんでもないかんちがいだとわかるまで、そんなに時間はかからなかった。

なぜなら、その居並《いなら》んだ人物すべての〝縮尺《しゅくしゃく》〟が、どう見てもおかしいことに気づき、そして、それらが橋から次々に飛び降《お》りる姿《すがた》を、目《ま》の当たりにしたからだというのだ。

それがなぜ、石坂にだけ見えたのか。それとも、他にも見た者がいたのか……。

明日にでも他の連中と落ち合い、それとなく聞いてみようということになり、わたしは石坂と別れた。

翌日《よくじつ》、学校から帰ると、家の電話がけたたましく鳴っている。出てみると、杉田《すぎた》の姉さんからだ。

杉田《すぎた》の姉さんは、地元では有名な〝レディース〟のリーダーだったこともあり、おこると鬼《おに》よりこわいことで有名だ。なぜかわたしのことは、まえからかわいがってくれて、杉田《すぎた》のことで、いろいろと相談に乗ったり乗られたりという、不思議な間がらだった。

「あんたさ、うちのバカと、いまいっしょ?」

「あいつとは夜中に別れて、それっきりだけど……」

わたしがそう答えると、杉田《すぎた》は昨日の夕方に家を出てから、いまだにもどっていないという返事。

「とにかく、どこかで見かけたら、すぐに家に電話しろって伝えて」

そう続けて、杉田《すぎた》の姉さんは電話を切った。

わたしはすぐに杉田《すぎた》が寄りそうな所を、一軒《けん》ずつあたってみたが、別れて以降《いこう》の足あとをたどることはできなかった。

その晩《ばん》、いつもの場所に出そろった全員にも聞いてみるが、だれひとりとして、杉田《すぎた》の所在を知る者はおらず、みな一様に首をかしげるばかりだった。

「万一なにかしでかして、警察《けいさつ》にやっかいにでもなってるなら、それこそすぐに連絡《れんらく》がくるはずだしな。とにかくいまは、みんなで手分けして心当たりをさがしてみよう」

そうはいってみたものの、わたし自身、もうこれ以上、どこをさがしていいのかがわからなかった。

なんだか全員が、釈然《しゃくぜん》としないものをかかえながらも、その日はそのまま解散した。

ところが、その翌日《よくじつ》かかってきた一本の電話が、事態を急展開《きゅうてんかい》させた。

その翌日《よくじつ》は日曜で、わたしは昼食をすませると、行きつけのバイクショップへ向かおうとしていた。と、そこへかかってきた一本の電話……。

母が受話器を取った声が、玄関《げんかん》にいたわたしにも聞こえてくる。

「まぁ杉田《すぎた》さん、いつもうちの息子《むすこ》がお世話に……は!?　な、なんですって！　そんな……少々お待ちください！」

くつをはきかけていたわたしを、母が呼《よ》び止めた。電話の先が、杉田《すぎた》の家からであることは承知していた。

「もしもし、電話代わりました。……」

電話の相手は、杉田《すぎた》の母親だった。

声にならぬ声で泣きじゃくり、なにをいっているのか聞き取れない。

だが、その嗚咽《おえつ》交じりの声で、〝息子《むすこ》が死んだ〟といったのだけは聞きのがさなかった。

悲しみのうずに飲みこまれ、満足に話せぬ杉田《すぎた》の母から、電話はいつしか杉田《すぎた》の姉に代わっていた。

「明日自宅《じたく》で通夜《つや》だから、みんなできてやってよね。それでね、ちょっとあんたに話しておきたいことがあるから、そのあと時間空けといて」

翌日《よくじつ》、学校が終わるとすぐに、わたしは杉田《すぎた》の自宅《じたく》へかけつけた。

わずかばかりの香典《こうでん》を納《おさ》め、仏間に置かれたひつぎの中をのぞくと、頭部が包帯でぐるぐる巻《ま》かれた、変わり果てた杉田《すぎた》の姿《すがた》があった。なぜだか涙《なみだ》は出なかった。

焼香《しょうこう》をすませ、杉田《すぎた》の遺影《いえい》をながめていると、杉田《すぎた》の姉さんがわたしを呼《よ》んだ。

「すごいでしょ、あいつの顔、包帯だらけでさ。原形とどめてないんだわ、顔。完全に自損事故だって警察《けいさつ》がいってた。駐車《ちゅうしゃ》してあった車に、猛烈《もうれつ》なスピードで自分からつっこんだって。ただね……」

「ちょっといい？」

杉田《すぎた》の姉さんは、そこでひと呼吸《こきゅう》置き、それから顚末《てんまつ》を静かに語り出した。

杉田《すぎた》が事故を起こしたのは、あの日我々《われわれ》と別れた直後だった。通常ならすぐにも連絡《れんらく》が入るところだろう。ところが、あまりに速い速度で車につっこんだため、バイクは数十メートル先までふっ飛び、そのときにナンバーや車検証が方々に飛び散った。

その上、車体はめちゃくちゃにねじ曲がり、フレームに打刻《だこく》されてあるはずの車体番号までが、すっかりけずれた状態になっていたという。

杉田《すぎた》自身もはるか遠くまで飛ばされ、遺体《いたい》はすさまじく損傷《そんしょう》した状態で見つかった。免許証《めんきょしょう》、なにもかもがどこかへ飛んで行き、身元を確認《かくにん》するための材料が、なにひとつない。

そこで警察《けいさつ》は、大勢の職員を導入してのローラー作戦に打って出て、百メートルもはなれた植えこみの中から、ナンバープレートを発見できたそうだ。

「遺体《いたい》を引き取りに行ったとき、交通機動隊に回ってくれといわれて、母とふたりで担当官《たんとうかん》を訪《たず》ねたんだけどね……」

そこまでいうと、杉田《すぎた》の姉さんはくちびるをかんで、おしだまった。そして少し間を置いてつぶやいた。

「あんなことって、あるもんかね……」

わたしは、ためらいながらたずねた。

「なにがあったの?」

警察《けいさつ》でいくつかの手続きをすませ、席を立とうとするふたりに、ひとりの白バイ警官《けいかん》が近づいてきてこういった。

「事故を起こした単車は、裏《うら》の倉庫に入ってます。あれは400ccですので、このまま放置すると、車検の通知や税金の請求《せいきゅう》も届《とど》いてしまいます。ですので、やはりここは抹消《まっしょう》の手続きをおすすめします。

お母さん、息子《むすこ》さんが乗ってらしたものですから、最後にひと目だけでも、見ておいてあげてください」

そううながされ、ふたりは警察官《けいさつかん》に連れられて建物の裏《うら》へと向かって行った。

そこには、シャッターが閉《し》まったガレージのようなものがたくさんあり、どうやら杉田《すぎた》が事故を起こしたバイクは、そのいちばんおくに格納《かくのう》されているらしかった。

そのまま歩いて行くと、まえから少し若《わか》い白バイ警官《けいかん》が近づいてきて、「班長《はんちょう》、例のバイク事故の？」と聞いてきた。

そこから警官《けいかん》ふたりが足早におくへと向かい、あるひとつのシャッターを開けているのが見えるが、なにやらようすがおかしい。ふたりはうでを組み、そこに横たわる、こわれ果てたバイクを見つめ、なにやらいい合っているように見える。

杉田《すぎた》の姉さんは、なにが起こっているのかと、歩調を速めてシャッターに近づいていった。

そのとたん、担当《たんとう》の警察官《けいさつかん》があわててさけぶ。

「ちょ、ちょっと待っててください！　そこにいて！」

それ以上近づくなとでもいいたげな態度だった。

「母はともかく、あたしはそれをおし切って、近づいて行ってね。バイクを見たのよ……」

めちゃくちゃにひん曲がり、まるで原形をとどめていない杉田《すぎた》のバイク。

その上には、同じようにくしゃくしゃにふまれたような、かれた花束が置かれていたという。

赤ちゃん人形

小学五年生のとき、生まれて初めて〝彼女《かのじょ》〟というのができた。

できたとはいっても、昭和の小学生の話である。学校でおしゃべりしたり、公園でブランコに乗ったり、交換《こうかん》日記をつけてみたり、そんな感じだった。

でもそんな他愛《たわい》ないやり取りが、わたしにとっては、すごく新鮮《しんせん》で、すごく斬新《ざんしん》な時間だった。初めて〝手編みのマフラー〟をくれたのも、彼女《かのじょ》だったと思う。

もっとも学校などでは、友人たちの目もあり、なかなか彼女《かのじょ》と満足に話もできない。そんな理由もあって、あるころから毎夜、わたしの自宅《じたく》に電話がかかってくるようになった。

そのころわたしが住んでいた祖父母の家は、茶の間のど真ん中に、電話が置いてあった。いまとちがい、携帯電話《けいたい》はおろか、〝家電〟にもコードレスなどありえず、電話がかかってくると、茶の間にいる家族のまえで話さなければならない。

小学生のことなので、さほどこみ入った話もなく、会話の中身といえば、テレビ番組や漫画《まんが》のこと。しかし、そういうものの好みには、男女のちがいがかなりあって、なかなか話がかみ合わない。

ましてや、その場には祖父母がいて、気はずかしさで、わたしは少しでも早く電話を切りたいと思いながら話していた。

タイミングを見計らい、わたしはすかさず「じゃあ、また明日ね」と切り出す。いつもそれはわたしの方からで、一度として彼女《かのじょ》からそれをいい出したことはなかった。

ところが、その〝電話を切る〟間際《まぎわ》に、いつのころからか、ある決まった音が聞こえることに気づいた。

クゥエエエェェェェェェェ

音とも声ともつかない音。

こちらが「じゃあね」と切り出し、彼女《かのじょ》もそれに合わせて「うんじゃあね」と返してくる、その「うん」と「じゃあね」のあいだ目がけて、この音が、受話器のむこうからひびいてくるのだ。

いったいなんの音なんだろうとは思いつつ、わたしは、それを彼女《かのじょ》に聞きそびれていた。

そんなある日のこと、帰りがいっしょになり、歩いていると、ふいに彼女《かのじょ》がいった。

「今日これから、うちに遊びにこない？」

彼女《かのじょ》の家はわたしの家の近所にあり、大きな通りに面した場所で、自動車整備工場を営んでいる。

いったん家にもどり、鞄《かばん》を置くと、わたしはそそくさと身じたくを整え、大通りにある彼女《かのじょ》の家へと向かった。

一階が工場、二階・三階が住居で、彼女《かのじょ》の部屋は二階の通り側にあった。

初めて入る、同い年の女の子の部屋……。

ちょっとドキドキしながら入ると、そこには、広くてきれいな女の子の世界が広がっていた。整理整頓《せいとん》が行き届《とど》いていて、所々にかわいらしいぬいぐるみや、はやりのキャラクターなどが置かれている。

しかも部屋のすみには、なんと彼女専用《かのじょせんよう》の電話機が置かれているではないか。

「す、すごいな！　専用《せんよう》の電話があるんだね！」

わたしがいうと、彼女《かのじょ》は、少しはにかみながら首をふった。

「親子電話だから、いちいち切りかえなきゃならないの」

そのころは、電話は〝一家に一台〟という時代から、少しずつ〝一家に複数台〟に変わって行く移行期。しかし複数台置いても、最初に取れるのは一台だけで、それを手動で話したい電話機に切りかえる〝切りかえ式〟の親子電話が多かった。

それでも自分の使いたいときに使えるわけだし、わたしからすれば、途方《とほう》もなくうらやましいかぎりだった。

そしてわたしは、あることに気づく。

彼女《かのじょ》の電話機は〝服〟を着ていた。

これも、いまではまったく見ない光景だ。当時、家庭に置かれた電話機は、そのほとんどが〝黒電話〟。真っ黒な電話機は殺風景なせいか、それ以降《いこう》、手編みのレースやカラフルな布で作られた〝電話機の洋服〟は、いろんな場所で見かけるアイテムのひとつとなった。

そのときのわたしには、その電話機の服がとてもめずらしくて、近くへ寄ってまじまじとながめていた。

「なぁに？　これほしいの？」

すると近づいてきた彼女《かのじょ》は、こんなことをいい出した。

なにごとかと思い視線《しせん》を向けると、電話上のたなに置かれていた、一体の人形をかかえてほほえんでいる。

それは高さが二十センチほどの、赤ちゃんを模《も》した人形で、両手両足をまえに投げ出し、ちょこんとおすわりした形を取っている。その人形も、同じようなレースの洋服を着ていた。

「え!?　いやいや、ぼくはこの電話機を見てたんだよ」

わたしがそういうと、彼女《かのじょ》は人形を持ってテーブルの方へ行き、「そうなんだ～かわいいでしょ、これ」といいながら、おもむろにそれをテーブルの上にすわらせた。

と、そのとたん、人形はゆっくりとまえにたおれていき……。


クゥエエエェェエエエエエ……


「うわわっ!!」

思わず声が出た。いまはくったりとまえにたおれ、なにもいわなくなった赤ちゃん人形。

わたしは身じろぎもせずに、その場に立ちつくした。

「なぁに？　そんなにびっくりすることないじゃない？　ただの人形だよぉ」

唖然《あぜん》とするわたしに向かって、彼女《かのじょ》がいった。


そんなことはわかっていた。

わたしがおどろいたのは、その声に、明確な聞き覚えがあったからだ。

「こっ、こっ、この人形、電話で話すとき、いつもだいてる⁇」

長年にわたる疑問《ぎもん》を解消する機会とばかりに、わたしは声を張って彼女《かのじょ》に聞いてみた。

「え～？　なにいってるの？　そんなことしてないよ。この子さわったのだって、ずいぶんひさしぶりだし。なんでそう思うの？」

彼女《かのじょ》の問いかけに、以前からその声が聞こえていたことをわたしは伝えたが、彼女《かのじょ》は「さわってない」の一点張り。

そこからは「だいてたろ」「だいてない」のおし問答となり、わたしは適当なころあいを見計らって、「わかった」と切り上げた。

わたしの家の中の状況《じょうきょう》を伝えたあとは、彼女《かのじょ》からの電話も若干《じゃっかん》少なくなったが、それでも電話を切る間際《まぎわ》に聞こえるあの音は、その後もずっと継続《けいぞく》していたように思う。


小学校を卒業すると同時に、わたしは他の町へと引っこすことになっていた。

それを彼女《かのじょ》に伝えると、なんと彼女《かのじょ》も、別の土地へ転居するのだという。

「どのみち、同じ中学へは、いっしょに行けなかったんだね」

そういった彼女《かのじょ》の表情は、とてもさびしそうで、おたがいの親の都合によって引きさかれる悲しみをものがたっていた。

中学校に上がり、わたしは別の学区へ通い始めた。

小学生時代とは、まったくちがう学校生活。見るもの聞くものが目新しく、わたしなりに充《じゅう》実《じつ》した毎日を送っていた。

そんなある日のこと、学校から帰ると、母が一通の手紙をわたしに手わたした。

差出人を見ると彼女《かのじょ》の名前。中の便せんには、交換《こうかん》日記で見慣れた、かわいい丸文字がびっしりとつづってあった。

内容はというと、やはり学校でのことや、新たにできた友だちのことばかり。わたしも便せんを取り出し、すぐに返事を書いて送り返した。

それからというもの、月に一度程度の文通が始まり、わたしも必死になって、きたない文字を便せんに書きつけていた。

ところがそのうち、日を追うごとに、彼女《かのじょ》からの手紙は増えてゆき、最終的にはほぼ毎週届《とど》くようになったのだ。

さすがのわたしも、これには対応しきれず、いつしか返事をしないということが、自然に増えていった。そのころのわたしは、部活に専念《せんねん》していたこともあり、しだいに届《とど》いた手紙さえも見なくなっていった。

すると、彼女《かのじょ》からの手紙は少しずつ減っていき、いつしかフェードアウトするように、いっさい届《とど》くことはなくなった。


それからなん年かが経過した、ある日のこと。

わたしが帰宅《きたく》すると、母が「さっき女の子から電話があったわよ」という。

だれからかと聞くと、それはまぎれもない、あの彼女《かのじょ》からであった。

「おそくてもいいから、電話ちょうだいって……」

その伝言を聞いたわたしは、なつかしさと、手紙の返事を書かぬまま、放置していたうしろめたさとが交錯《こうさく》し、なんともいえぬ感覚におちいっていた。

その日は家に持ち帰った課題が山積していて、つい彼女《かのじょ》に電話をかけることを失念してしまった。

次の日の夜おそく、風呂《ふろ》に入って、そろそろねようとしていたところへ、突然《とつぜん》電話がかかってきた。あわてて出てみると相手は彼女《かのじょ》……。

「ご、ごめん！　いそがしくて、電話するのすっかり忘《わす》れてた！」

そう伝えると、彼女《かのじょ》は一瞬《いっしゅん》さびしそうに笑い、「元気だったの？」と続けた。

それから少しの間、たがいの現状などを伝え合っていたのだが、ふとした言葉の切れ目で、

「それじゃね。元気で」と切り上げようとする。

わたしも「あ、ああ、おたがいに」と伝え、なんだか、とてもぎこちない空気を感じてたじろいだ、その瞬間《しゅんかん》だった！


ぐうううえええええええええええぇぇぇぇぇぇ

耳からはなしかけた受話器から、飛び上がるほど気味の悪い声が、ひびきわたった。

「え！　ちょ、もしもしっ！」

あわてて受話器を耳に当て直すが、すでに通話は切れていた。

わたしはすぐに、母に教えてもらった電話番号へかけ直した。

ところが、聞こえてきたのは……。

「この電話は、現在使われておりません」

まるでキツネにつままれたような感じがして、わたしはしばらくの間、受話器をにぎったまま、ぼーっとしていた。

それ以来、彼女《かのじょ》から連絡《れんらく》がくることもなく、連絡先《れんらくさき》もわからぬまま、わたしはいつしか彼女《かのじょ》のことを、思い出すことすらなくなっていった。

わたしは十八歳《さい》になり、あたりまえに車の免許《めんきょ》を取得。日々仕事に勤《いそ》しむ毎日を送っていた。新しい彼女《かのじょ》もできた。

ある晩《ばん》のこと。その日はずいぶんおそくなってしまい、わたしは彼女《かのじょ》を連れて、自分のアパートにもどってきた。

彼女《かのじょ》とは、付き合い始めて数か月がたっていたが、彼女《かのじょ》がわたしの部屋へくるのは、この日が初めてだった。

アパートのまえでタクシーを降《お》りると、わたしは彼女《かのじょ》をともなってドアを開け、彼女《かのじょ》を先に部屋に上げて、近くの自動販売機《はんばいき》に飲みものを買いに行った。

その間、ほんの3～4分。

わたしは買ったものをかかえ、小走りで部屋へもどった。

ドアを開けた瞬間《しゅんかん》、目のまえに彼女《かのじょ》が立っていて、そそくさと、くつをはこうとしている。

「え？　なんで？　どこ行く……」

わたしがそういい切るまえに、彼女《かのじょ》はキッとこちらに向き返り、はき捨《す》てるようにいった。

「あたし、こういうのむりだから！　帰るっ！」

そういって出て行ってしまった。

あとにひとり残されたわたしは、なにがなにやらわからず、最後に彼女《かのじょ》がいった言葉にさえ霧《きり》がかかり、ふつふつとわき上がるいかりをおさえることだけに終始していた。

数日後、彼女《かのじょ》の友だちから電話があった。

「あの子となにがあったの？」

と聞く友だちに、それを知りたいのはわたしの方であり、なにがなにやらわからないと伝えた。すると友だちは、彼女《かのじょ》に真相を問いただしてみるといってくれた。

その日の晩《ばん》、ふたたびその友だちから電話があり、いまからこちらへくるという。

一時間後、わたしの部屋にきた友だちが語った真相……。いま、思い出しても寒気がする。

「なにがあったの？　って聞いたのよ。最初はだまったまま、なにもいおうとしないから、『このままじゃ彼《かれ》だって納得《なっとく》しないでしょ』っていったの。そしたらね……。

あの晩《ばん》、わたしが飲みものを買いに行ったあと、彼女《かのじょ》は部屋の明かりとヒーターをつけ、こたつにもぐりこんだ。

スイッチを入れしばらくすると、おくへのばした足の先を、なにかがキュッとつかむのがわかった。気のせいかと思っていると、こんどは反対の足先をキュッとつかまれた。

いったいなにがつかんでいるのだろうと、彼女《かのじょ》はためらうことなく、こたつの中をのぞきこんだ。

「……そこには赤ちゃんの人形があったんだって。その広げた両手に、自分の足がふれてたんだ……そう思った彼女《かのじょ》は、その人形を取り出そうと、こたつの中に手を入れたらしいのよ。そしたらその人形、彼女《かのじょ》の手を、ぱしっとはらったって……。おどろいて中をまじまじとのぞいたとたん、その人形が声を上げたんだって。

『ぐうううえええええええええええぇぇぇぇ』って……」

それを聞いて、わたしは部屋をくまなくさがしたが、そのような人形が見つかることはなかった。

死後の世界

〈ある〉〈なし〉は、この際置いておく。

実はわたしは、この先、かならず訪《おとず》れるであろう、〝異界《いかい》〟への旅立ちを楽しみにしている。断っておくが、「死にたい」ということでは、決してない。

世界の国々には、さまざまな宗教《しゅうきょう》や宗派《しゅうは》がある。そして、そのほとんどは〈天国〉と〈地《じ》獄《ごく》〉という概念《がいねん》を表現している。

善《よ》い行いをすれば〈天国〉、その逆であれば〈地獄《じごく》〉という、実にわかりやすい発想だ。

あの世の存在《そんざい》を信じるか？　といわれれば、即座《そくざ》に「もちろん信じる」と答えたいところではあるが、よく絵に描《か》かれるような、いわゆる〈天国〉と〈地獄《じごく》〉に関しては、わたしは懐疑《かいぎ》的《てき》だ。

背中《せなか》から羽がつき出した天使とたわむれたり、赤鬼《あかおに》にかまゆでにされたりというのは、あくまで先人たちが、もののたとえとして表現した、いわば一種の教訓であり、だれもがわかるような比喩《ひゆ》として持ちこんだものだろう。

ではそれらの二世界が、まったく存在《そんざい》しないのか……というと、それもちがうように思う。


ここからはあくまでも、わたしの主観によって構成した概念《がいねん》なので、賛否両論《さんぴりょうろん》あってしかるべきだと思う。

わたしが想像する〈天国〉とは……。

それは、ごくごくあたりまえな日常であり、そこは完全なる精神世界で成り立っている。羽の生えた天使もいないけれど、日々安心して暮《く》らしていける日常。

現世ではふつうにあった、病気、けが、争いなどはまったくなく、空腹《くうふく》も差別も貧困《ひんこん》もない。

いわばこれは、全人類が夢見て止《や》まない、理想の世界そのものではないだろうか。

それでは逆に〈地獄《じごく》〉とは……。

それは実におそろしい世界だ。でも針《はり》の山があったり、血の池があったりというのではない。なにもない、なにも聞こえない、なにも感じない、だれもいない、なにも見えない。ただただ〝空《くう》〟にただよい、手をのばしても、さけんでも、そこは光すらささない漆黒《しっこく》の闇《やみ》。わたしはこれこそが、仏陀《ぶっだ》が悟《さと》った〝無〟であり〝空〟なのだと思う。

しかしそこは、いわば出発点であり、原点回帰の場。すべてがリセットされた状態だ。現世で悪行を重ねた者は、この空間に投げこまれ、いつ訪《おとず》れるともわからない、再生のときを待つ。

現世での〝修行《しゅぎょう》〟を全《まっと》うすべく、リセットされた彼《かれ》らではあるが、実はこのときひとつの〝罰《ばつ》〟が与《あた》えられる。

それが前世からの因縁《いんねん》を引きずる〝カルマ〟だ。カルマというのは、かんたんにいってしまえば〝行為《こうい》〟のこと。〝こうするから、こうなる〟という因果関係のある〝行い〟。〝業《ごう》〟ともいう。

〝空《くう》〟に投げこまれた彼《かれ》らは、カルマという足かせをつけられ、前世でなんらかの〝縁《えん》〟を持った男女のもとに再生し、過去に犯《おか》した罪をつぐなうことができるまで、これをくり返す。

これが〝輪廻《りんね》〟だ。

考えてみてほしい。これほどおそろしい〝地獄《じごく》〟はない。

実はこれ、わたしが子どものころから変わりなく、そして、いまもいだき続けている概念《がいねん》なのだ。


なんだか宗教的《しゅうきょうてき》な話になってしまうが、わたしは宗教家《しゅうきょうか》ではない。

生きている間になにをいっても、死ねばすべてが明解になることだ。

だからわたしは、異界《いかい》への旅立ちを楽しみにしている。

そのときに向かって、ひたすら精進《しょうじん》しよう。

心からそう思う。

最後に

この本の中には、思わず目を背《そむ》けたくなるような惨状《さんじょう》や、そのような表現がされている箇所《かしょ》が出てきます。読んでいただける方の様々な年齢《ねんれい》を思うとき、そこに配慮《はいりょ》し、表現を変えるべきだったのかもしれません。

しかし現実はちがいます。

たとえこの本の中でそれをかくし、あたりさわりのない言葉づかいでいい表しても、現実は常に過酷《かこく》なものです。それで純然《じゅんぜん》たる「人の死」「人の心」「人の道」を描《えが》くために、あえてこうした表記、表現を用いました。

この日本には、様々なすばらしい文化が継承《けいしょう》されています。

歌舞伎《かぶき》、文楽、講談、落語……。それらの中で命を説き、人の情けや魂《たましい》を称《たた》えてきました。

そしてそのすべての文化には、いつの時代も〝怪談《かいだん》〟がつきものでした。怪談《かいだん》を通して「命とは？　人の情けとは？　そして魂《たましい》とは？」と問うてきたのです。

そんなすばらしい継承《けいしょう》があるにもかかわらず、現代《いま》はどうでしょうか？

人の亡《な》くなった場所を〝心霊《しんれい》スポット〟と称《しょう》してあざける、神社仏閣《ぶっかく》にいたずら書きをする、どこへ行ってもスイッチひとつで明かりが灯《とも》り、真の闇《やみ》はどこにも見あたらない……。

そう。本当の闇《やみ》は、人の心の中にのみ存在《そんざい》するようになったのです。


わたしは幼少《ようしょう》のころから、数々の怪異《かいい》を目《ま》のあたりにしてきました。その中には、おそろしいもの、不思議なもの、悲しいものなどが混在し、多種多様な思い出として形作られています。

「なぜわたしなんだ？　なぜいまなんだ？　なぜ……？」

怪異《かいい》に出会うたびに、いく度となく同様の疑問《ぎもん》がわき、答えの出ないことと知りながらも、母に問うてみたこともありました。

そしてその答えが、ここへきてやっと、見えてきたように思えます。

そう。それこそがこの本の存在《そんざい》なのです。

わたしは過去、数々の教育機関に招かれて、〝道徳怪談《かいだん》〟なるものを実施《じっし》してきました。しかし、子どもたちに〝本当の怪談《かいだん》〟を示す機会にはめぐまれなかったように思います。

この本にある数多くの話を、読者が「怖《こわ》い」と感じるか、「気持ち悪い」と感じるか？　そんな中で、もし「なぜ？」と感じる読者がいたならば、わたしの役目は果たされたことになる、そうわたしは考えています。

なぜ彼女《かのじょ》は死にいたったのか？　なぜ彼《かれ》はそこまでのうらみを持ったのか？　そして、なぜこの世に想《おも》いを留《とど》まらせているのか？

すべてを読み終えたとき、そんな多くの「なぜ？」を読者が感じてくれたなら、わたしは嬉《うれ》しいかぎりです。

数百兆分の一の確率でビッグバンが起き、数十兆分の一の確率で銀河系《ぎんがけい》ができ、数兆分の一の確率で太陽系《たいようけい》ができ、数百億分の一の確率で地球ができ、数十億分の一の確率で人間が誕生《たんじょう》し、数億分の一の確率であなたが生まれました。

人を殺しえるほどの苦しみも、自ら命を絶つほどの悲しみも、この途方《とほう》もない数字のまえには存在《そんざい》しない……ということを知っていてほしいと思います。

中村まさみ
北海道岩見沢市生まれ。生まれてすぐに東京、沖縄へと移住後、母の体調不良により小学生の時に再び故郷・北海道に戻る。18歳の頃から数年間、ディスコでの職業ＤＪを務め、その後20年近く車の専門誌でライターを務める。
自ら体験した実話怪談を語るという分野の先駆的存在として、現在、怪談師・ファンキー中村の名前で活躍中。怪談ネットラジオ「不安奇異夜話」は異例のリスナー数を誇っていた。全国各地で怪談を語る「不安奇異夜話」、怪談を通じて命の尊厳を伝える「道徳怪談」を鋭意開催中。

著書に『不明門の間』（竹書房）、オーディオブックＣＤ「ひとり怪談」「幽霊譚」、監修作品に『背筋が凍った怖すぎる心霊体験』（双葉社）、映画原作に「呪いのドライブ　しあわせになれない悲しい花」（いずれもファンキー中村・名）などがある。

●校正　株式会社鷗来堂
●装画　菊池杏子
●装丁　株式会社グラフィオ

怪談 5分間の恐怖　見てはいけない本

発行	初版／2017年3月　第6刷／2018年7月
著	中村まさみ
発行所	株式会社金の星社 〒111-0056　東京都台東区小島 1-4-3 TEL　03-3861-1861（代表）　FAX　03-3861-1507 振替　00100-0-64678　ホームページ　http://www.kinnohoshi.co.jp
組版	株式会社鷗来堂
印刷・製本	図書印刷株式会社
	254ページ　19.4cm　NDC913　ISBN978-4-323-08115-1
	乱丁落丁本は、ご面倒ですが小社販売部宛にご送付ください。 送料小社負担でお取り替えいたします。
	© Masami Nakamura 2017 Published by KIN-NO-HOSHI SHA, Tokyo Japan

http://www.kinnohoshi.co.jp